AF295020

Schreibzirkel
LeseZeichen

Geheimnisse

Impressum

Illustrationen Seiten:

Petra Block	8, 9, 16, 26, 53, 56, 61, 71
Christine Fiedler	3, 13, 31, 33, 41
Maria Grunau	43, 47
Peter Schallje	64
Claudia Wendt	82, 86, 88
Covergestaltung	Christine Fiedler, Petra Block
Buchgestaltung	Petra Block

Bibliografische Information der Deutschen Nationalbibliothek:
Die Deutsche Nationalbibliothek verzeichnet diese Publikation in der Deutschen Nationalbibliografie; detaillierte bibliografische Daten sind im Internet über http://dnb.dnb.de abrufbar.

©2016
Schreibzirkel LeseZeichen Wismar

Herausgeber:
Bibliotheksförderverein Wismar

Herstellung und Verlag:
BoD - Books on Demand, Norderstedt

1. Auflage
ISBN: 9783743140431

Christine Berning

Die rätselhafte Tapetentür

Heute war einer dieser Frühlingstage, die sich schon wie Sommer anfühlten.

Katrin, eine Architekturstudentin aus Wismar, beschloss eine Radtour zu machen.

Dabei hatte sie kein besonderes Ziel, nur abwechslungsreich sollte es werden. Sie entschied sich für den Radweg Richtung Westmecklenburg. Katrin war im Gebirge zu Hause und liebte diese flache, sanft hügelige Landschaft im Norden. Hier, wo der weite Himmel am Horizont das Meer küsst, lebte sie seit einiger Zeit. Ihre Fahrt führte sie an sonnengelben Rapsfeldern vorbei, die einen wundervollen Duft verströmten und ihre Sinne zum Klingen brachten. Ein lauer Fahrtwind umspielte ihren Körper, ließ ihre langen blonden Haare wehen und ein bunter Sommerrock flatterte um Katrins Beine. Die junge Frau erfreute sich an der reizvollen Umgebung, die auch einige Blicke auf die Wismarbucht zuließ. Das Wasser glitzerte in der Sonne und schimmerte blaugrün. Die Riviera vor der Haustür, dachte sie, und radelte vergnügt vor sich hin. Ihre Gedanken gingen auf die Reise, das Herz war voller Sehnsucht.

Kürzlich hielt ein junger Restaurator an ihrer Hochschule eine Vorlesung, die sie begeisterte. Ein toller Mann stand vor den Studenten und sprach abwechslungsreich über die Zeit des Barock. Er war sehr groß, hatte blaue Augen, in denen sich das Meer zu spiegeln schien, und seine schwarzen Haare glänzten. Davon konnte Katrin sich kaum lösen. Die Vorlesung wurde nebensächlich, sie versank fast in seinen Blicken, von denen sie glaubte, dass sie nur ihr galten. Katrin hatte sich heftig verliebt. Er erzählte von der imposanten, barocken Anlage „Schloss Bothmer". Dort wirkte er an umfangreichen Restaurierungen mit. Von einem wundervollen Rosenzimmer im oberen Geschoss mit einer geheimnisvollen Tapetentür wusste er zu berichten.

Ihr Ziel war nun klar, dort musste sie hin und die verborgene Tür suchen.
Die letzten Meter fuhr sie auf einem befestigten Weg, der links und rechts mit eigenartigen Bäumen bestanden war. Er öffnete sich in eine weitläufige Parkanlage. Dort stand ein wunderschönes Gebäude. Katrin war von diesem Anblick überwältigt. Riesige alte Bäume standen dicht an dicht um das Gemäuer, als ob sie es bewachten.
Jetzt wollte sie unbedingt dieses herrliche Bauwerk besichtigen und die rätselhafte Tür finden. Sie sei schwer zu entdecken, hatte der Restaurator noch gesagt. Ihre Neugier war geweckt.

Katrin buchte eine Führung mit einem Architekten durch das Schloss. Anfangs folgte sie seinen Erklärungen aufmerksam. Er sprach davon, dass es die größte, zusammenhängende barocke Schlossanlage Mecklenburgs sei. Zur Zeit der Grafen von Bothmer befuhr man die sogenannte "Feston-Allee". Ach, das war wohl der Weg mit den interessanten Bäumen, die wie Kopfweiden aussahen? Bei ihrer Ankunft hatte sie ein paar der maigrünen Blätter in die Hand genommen und erstaunt bemerkt, dass es herzförmige Lindenblätter waren. Welche Überraschungen hielt dieses Schloss wohl noch für sie bereit?

Langsam entfernte sich Katrin von der Gruppe, denn sie wollte diese geheimnisvolle Tür finden. Im oberen Stockwerk sollte das Rosenzimmer sein. Sie ging eine geschwungene Treppe, die unter ihren Schritten knarrte, hinauf. Überall hingen funkelnde Kronleuchter, die Wände schmückten zauberhafte Tapeten und an den Decken befand sich prächtiger Stuck. Katrin war von dieser Vielfalt überwältigt, eilte aber vorbei, denn sie wollte schnell zum Rosenzimmer, die Tür suchen.

Dort angekommen erwartete sie ein Rausch der Farben. So etwas hatte die junge Studentin noch nicht gesehen.

Eine wundervolle Seidentapete, die über und über mit Blüten von tiefrot bis zartrosa bemalt war, bespannte die Wände. Blätter und Ranken schienen aus ihnen heraus zu wuchern. Tautropfen, die wie Perlen schimmerten, ließen diese Komposition fast echt aussehen. Katrin meinte den Duft der Rosen wahrzunehmen, staunend stand sie davor und hätte fast den Grund ihres Besuches vergessen.

Plötzlich erblickte sie einen winzigen goldenen Punkt, der nicht zur anderen Bemalung passte. War das der Öffner für die Tapetentür, die man so schwer finden sollte?

Was sich wohl hinter ihr verbarg? Katrins Phantasie bekam Flügel. Vielleicht ein Geheimgang des Grafen zu seiner Mätresse, oder ein Ankleidezimmer der Gräfin? Ein Bidet möglicherweise, das sollte es damals auch schon gegeben haben.

Nun war Katrin nicht mehr zu bremsen. Aufgeregt drückte sie den Punkt. Geräuschlos öffnete sich die Wand und gab den Blick in einen düsteren Raum frei. Ihre Augen gewöhnten sich nur langsam an die Dunkelheit. Ein karges Zimmer bot sich ihrem Blick, in dem nichts auf seine frühere Nutzung hindeutete.

An einer Wand, von der die Farbe abblätterte, prangte ein gemaltes Herz. In großen Lettern stand dort geschrieben: "Du bist die Liebe meines Lebens!"

Was das wohl bedeutete, dachte sie. Der Schriftzug war nicht aus vergangenen Tagen, nein, er sah sehr neu aus. Hatte hier jemand seiner Angebeteten eine Liebeserklärung gemacht? Möglicherweise, aber es wäre zu schön, hätte ER dieses Geständnis an SIE gerichtet. Ihr Herz klopfte so schnell, dass ihr schwindelig wurde und die berühmten Schmetterlinge zu tanzen begannen.

Katrin lief aufgeregt an ein Fenster im Rosenzimmer. War er etwa auch hier? Gespannt schaute sie in den Park hinunter, konnte ihn aber nicht entdecken. Enttäuschung kroch in ihr hoch. Sie drehte sich um und bemerkte dabei einen kleinen Zettel am Fensterkreuz:

Sonntag 15:00 Uhr
Picknick auf der Wiese vor dem Schloss.
Ich warte auf dich!
A.

Ihr wurde ganz heiß. Der Restaurator hieß Alexander. Konnten die Zeilen von ihm sein?

Der Duft der weiten Rapsfelder und der berauschende Anblick des Rosenzimmers vernebelten ganz langsam ihre Sinne.

Sonntags darauf gab es im Schlossgarten ein Konzert mit Picknick.

Weit hinten im Schatten eines großen Baumes sah man ein Pärchen verliebt an einander geschmiegt auf einer Decke sitzen.

Christine Berning

Tanzende Nebel

Lies mich in einem verwunschenen Garten nieder,
wie verzaubert lag er in der Abendsonne.
Es blühte weiß und blau der Flieder,
wartete auf dich, wollte teilen diese Wonne.

Aus dunklen Nischen stiegen Nebel in die Lüfte,
wundersamer Zauber lag über dem Ganzen.
Nun umfingen mich betörende Düfte,
es schien als würden Elfenreigen tanzen.

Du bist nicht gekommen,
muss diesem Zauber entflieh'n.
Habe all meinen Mut genommen,
lass die Träume mit den Nebeln zieh'n.

Christine Berning

Halt auf freier Strecke

Es war einer dieser Tage, die man unter dem Motto „ganz schnell vergessen," ablegen sollte.

Ich musste wieder einmal nach Hamburg, einen Termin wahrnehmen. Dieser war schon sehr früh und so hieß es für mich in der halben Nacht aufstehen. Und diese Nacht hatte es in sich. Ein Sturm brauste um mein Haus und es regnete wie aus Kannen. Bei dem Wetter schickt man keinen Hund vor die Tür, dachte ich noch, da riss mich ein furchtbarer Knall aus meinen Gedanken. War ein Baum umgestürzt? Schnell lief ich zum Fenster, aber beide Ahornbäume standen fest in der Erde und trotzten, wie so oft, dem starken Atem von Rassmus. Da sah ich auch schon das Malheur, die Mülltonnen lagen auf der Straße. Ich hatte keine Zeit mich darum zu kümmern, die Abfahrtzeit meines Zuges rückte immer näher. Das bestellte Taxi kam und fuhr mich zum Bahnhof. Ausgerechnet heute war der Intercity pünktlich. Einsteigen und abfahren das geschah in Windeseile. Nachdem ich mir einen Platz gesucht hatte, in einem Abteil mit vier anderen Fahrgästen, machte ich es mir bequem und begann zu dösen. Ich musste schließlich Schlaf nachholen.

Der Zug fuhr heute sehr schnell und die Räder rollten unaufhaltsam Richtung Hamburg.

Das ist ja toll, dachte ich noch, da begann er langsamer zu fahren und bremste.

Hellwach betrachtete ich nun meine Mitreisenden. An den beiden Fensterplätzen saß ein älteres Ehepaar, mir gegenüber eine junge Frau, die mit ihrem Smartphon beschäftigt war. Neben mir hatte eine Dame, die sehr aufgeregt schien, Platz genommen.

Wir standen sozusagen auf freier Strecke und harrten der Dinge, die kommen würden. Plötzlich ertönte die Stimme des Zugbegleiters: "Meine Damen und Herren, unser Zug wird hier auf unbestimmte Zeit stehen bleiben. Grund ist ein Hindernis im Gleis".

Bis dahin war es sehr ruhig in unserem Abteil. Jeder war mit sich beschäftigt. Aber diese Durchsage veränderte alles. Draußen tobte ein Sturm und es wurde nicht hell. Regen peitschte an die Fenster und der Wagen begann bedenklich zu schaukeln. Ängstlich sahen wir uns an, und in die Stille hinein sagte meine Nachbarin: "Da liegt bestimmt eine Leiche auf den Schienen, dieses Wetter macht so depressiv."

Entsetzt sahen wir sie an. Die ältere Dame meinte, dass bei diesem Sturm ja auch ein Baum auf den Gleisen liegen könnte. Nun begann eine interessante Unterhaltung darüber, welche Hindernisse uns ausgebremst haben könnten. Das ging vom Kabelklau an der Strecke über eine Herde Kühe im Gleis bis zum technischen Defekt der Lok. Jeder von uns hatte eine andere Meinung.

Inzwischen war es so dunkel geworden, dass das Licht im Zug anging. Uns wurde mulmig, denn das Personal rannte aufgeregt hin und her und forderte die Reisenden auf alle Handys auszuschalten. Unsere Fragen nach der Weiterfahrt wurden mit einem Schulterzucken beantwortet. Meine Nachbarin erzählte uns, dass sie nach Hause in die Schweiz wolle. Ihr Anschlusszug würde demnächst in Hamburg abfahren. Aber wir standen immer noch im Nirgendwo. Zu dem Sturm kam auch noch ein Gewitter und Hagelschauer trommelten auf das Wagendach. Langsam erlosch das Licht, und wir saßen im Dunkeln. Im Nachbarabteil begannen Kinder zu toben. Ein kleiner Racker schien das Abteil auseinander zu nehmen, so rumpelte es. Jetzt empörte sich das ältere Paar über die heutige Kindererziehung. Die junge Frau mir gegenüber lächelte still vor sich hin, das konnte ich im Lichtschein ihres Handys erkennen, denn sie dachte nicht daran der Aufforderung des Zugpersonals zu folgen. Unsere Situation verbesserte sich auch nicht, als die nächste Durchsage kam. „Sehr geehrte Fahrgäste, bitte haben sie noch etwas Geduld, bald geht es weiter." Kein Wort warum wir nun schon eine gefühlte Stunde hier standen. Mein Termin rückte näher, das Ehepaar wollte in Hamburg umsteigen, nur die junge Frau hatte es nicht eilig und lächelte immer noch. Die Dame aus der Schweiz rutschte nervös auf ihrem Sitz hin und her. Ihr Zug war schon längst auf dem Weg zu den Eidgenossen.

Vor dem Abteilfenster wurde es langsam etwas heller. Das Gewitter war weiter gezogen, nur der Sturm rüttelte noch kräftig an unseren Wagen. Irgend etwas schien hier nicht zu stimmen. Auf dem Nachbargleis fuhren Züge an uns vorbei, warum standen wir noch? In unsere Gedanken hinein ruckte der Zug an und rollte langsam los.
War das Hindernis beseitigt oder fuhren wir auf dem Nebengleis nur bis zum nächsten Bahnhof?
Das Zugpersonal war nicht mehr zu sehen, und auch keine Durchsage klärte uns auf.
Die Weiterfahrt war für meine Mitreisenden nicht mehr möglich, mein Termin geplatzt und die junge Frau lächelte zu allem.
In Hamburg angekommen hörten wir beim Aussteigen die Stimme der Bahnhofsprecherin folgendes sagen: "Liebe Reisende verzeihen sie die Verspätung des Intercity aus Stralsund zur Weiterfahrt nach Stuttgart. Unsere Fahrstrecke ist leider ein beliebtes Ziel für Pokemonjäger, und zur Zeit tummeln sich besonders viele von den kleinen digitalen Monstern auf den Gleisen." Ein herzhaftes Lachen erklang hinter mir. Ich drehte mich um und sah in das Gesicht der Handy-Dame aus unserem Abteil.
War sie etwa Schuld an diesem Desaster?
Das wird wohl für immer ihr Geheimnis bleiben.

Petra Block

Der alte Stuhl

Zweifeln Sie auch manchmal daran, ob sie etwas nur geträumt oder tatsächlich erlebt haben? Schon Shakespeare meinte, dass es mehr Dinge zwischen Himmel und Erde gibt, als wir glauben mögen.

Vor einiger Zeit war ich bei meiner Großmutter zum Tee. Die rüstige alte Dame bereitet ihn gerne selber zu, also ging ich ins Wohnzimmer. Dort steht, seit ich denken kann, ein uralter, ausgesprochen prächtiger Eichenstuhl. Er hat eine hohe, kunstvoll geschnitzte Lehne und sechs Löwentatzen, zwei davon als Armlehnen.

Als Kind habe ich mich vor ihm gefürchtet. Wohl um die Bezüge zu schonen, versuchte mein Großvater mir immer einzureden, dass die Pranken vor mehr als hundert Jahren ein Mädchen gefangen hielten, das sich, für die damalige Zeit, unschicklich gekleidet hatte. Der Stuhl jagt mir heute keine Angst mehr ein. Er ist bequem gepolstert und mein bevorzugter Platz in Großmutters Haus. Ich setzte mich, schloss für einen Moment die Augen und sah meinen Großvater wieder vor mir, mit warnend erhobenem Zeigefinger, ganz wie in meiner Kindheit.

Der Stuhl bewegte sich. Vor Schreck wollte ich aufspringen, konnte mich aber nicht erheben. Eine Gänsehaut kroch mir über die Arme. Neben meinem Kopf wisperte etwas in der Stuhllehne. „Wie kann sie nur so herumlaufen? Die Mädchen der heutigen Zeit besitzen keinerlei Anstand mehr." Eine zweite Stimme fiel ein. „Hosen, zu unserer Zeit hätte man sie ihr vom Leib gerissen. Und sieh nur, oben trägt sie fast gar nichts, ihr nacktes Fleisch stellt sie zur Schau. Wie schamlos!"

Entsetzt fühlte ich eine der Armlehnen an meinem Körper. „Wie weich ihre Haut ist, und sie duftet so herrlich. Nur diese grässliche Farbe in ihrem Gesicht, die gefällt mir nicht." Sie löste sich vom Holz und legte sich wie ein Schraubstock um meinen Brustkorb. Unfähig auch nur einen Laut von mir zu geben, presste mich die Angst noch fester in das Polster. Die andere Tatze schien plötzlich aus weichem Fell zu sein und hatte lange scharfe Krallen. Sie strich meinen Arm hinauf und fuhr mir über den Hals. Einer ihrer spitzen Dolche hielt an der Halsschlagader inne und liebkoste die pochende Stelle. Warum wurde ich jetzt nicht ohnmächtig?

Die Löwenpfote streichelte meine Wangen, fast zärtlich fuhr sie mir über die Augen und wischte mir die Schminke vom Gesicht. „So gefällst du uns viel besser", raunte die eine Stimme. „Denke an die alten Zeiten", flüsterte die andere.

Plötzlich rüttelte mich jemand an der Schulter. „He, träumst du?" Es war Großmutter. Ich stand auf, ging in die Küche um den Tee zu holen und hörte sie im Wohnzimmer schimpfen: „Wie hast du es nur fertig gebracht dein Make-up an die Armlehne zu schmieren?"

Petra Block

Die Schneiderin

Helene war ausgesprochen scheu und prüde.
Sie war eine Frau, die langsam dem Charme eines
ältlichen Fräuleins entgegenstrebte. Im einstmals
geerbten Häuschen lebte sie inmitten eines ruhigen
Städtchens und sicherte sich ihr bescheidenes
Auskommen mit Näharbeiten für jedermann.
Ihre kleine Schneiderwerkstatt hatte sie sich
mühsam zusammengespart. Die Nähmaschine, ein
altes Ding zum Treten, stammte aus dem Nachlass
ihrer Eltern und der große Tisch gehörte früher der
Schule. Auf dem Flohmarkt entdeckte sie eines
Tages zwei verstellbare Schneiderpuppen, eine für
Herrenbekleidung und eine für Damen. Kleinere
Utensilien, wie Kreide oder Maßband, wurden ihr
manchmal geschenkt.

In ihrem Leben fehlten nur ein Mann und ein paar
Kinder. Helene allerdings vermisste beides nicht.
Lediglich zum Einkaufen ging sie aus dem Haus.
Niemals nahm sie an öffentlichen Festen oder
Umzügen teil. Ein Restaurant hatte sie wohl als Kind
zum letzten Mal von innen gesehen, und es lud sie
nie jemand zu sich ein, sie würde ja auch nicht
hingehen.

Helenes schützende Burg war ihr Häuschen. Hier fühlte sie sich sicher vor der bösen Welt da draußen, vor schreienden Kindern, ruppigen Kerlen und ewig tratschenden Weibsbildern. Manchmal allerdings musste sie diese Welt in ihr Heim lassen, immer dann, wenn ihre Kunst als Näherin gefragt war.

Wieder einmal klingelte es an der Tür. Helene wusste genau wer davor stand, es war Frau Opitz mit einem neuen Kleid, das sie ändern sollte. Sie holte tief Luft und öffnete. „Hallo Helene!"

Helene hasste es, wenn jemand sie beim Vornamen nannte. Nie hatte sie das von sich aus angeboten. Die Leute taten es einfach, und manchmal sagten sie sogar Helenchen, wie schrecklich.

„Guten Tag Frau Opitz, ist das neue Kleid wieder zu weit?" „Nein, denken sie nur Helene, es ist zu eng. Ich habe wie immer die gleiche Größe gekauft, genau passend, seit Jahren habe ich mir meine Figur erhalten. Auch die beiden Kinder haben da nichts dran ändern können. Mein Mann sagt immer ich sei ein Vorbild für jede Frau, die etwas auf sich hält. Und nun so etwas, ich begreife es gar nicht. Da müssen doch die Größen nicht mehr stimmen. Wurden etwa die Bezeichnungen geändert? Wie kann so etwas nur sein, ich verstehe die Welt nicht mehr."

Helene traute sich nicht, den Redeschwall zu unterbrechen. So war es immer, wenn Frau Opitz kam. Sie schnatterte unaufhörlich, Helene entnahm dem Geplapper die für ihre Arbeit notwendigen Details und irgendwann ging die Opitz wieder.

Helene sah ihr durch das Fenster nach. Ihre Augen wurden dunkel und bekamen einen seltsamen Ausdruck. Ihre Lippen bewegten sich, als spräche sie zu sich selbst.

Bald stand der nächste Kunde vor ihrem Haus. Diesmal war es Herr Kellermann. Der begnügte sich nicht mit einem einfachen Klingeln, nein, ungeduldig klopfte er und rief: „Helene, sind sie zu Hause? Öffnen sie doch die Tür!"

Sie ließ ihn ein.

„Ich habe doch keine Zeit Helenchen", sagte er, „meine Kunden warten. Haben sie den Anzug fertig?"

Kellermann war Besitzer des hiesigen Fitnessstudios, sonnenbankgebräunt und arrogant. Schnell probierte er seinen Anzug an. „Was haben sie da gemacht? Er passt ja immer noch nicht, oder habe ich schon wieder abgenommen? Kommen sie und messen sie noch einmal nach, so kann ich ihn nicht tragen, das muss geändert werden."

Helene nahm das Maßband und legte es um seine Taille. Ja, da konnten noch ein paar Zentimeter eingenäht werden. Auch die Beine waren zu weit. Sie nahm Nadeln und steckte vorsichtig die neue Weite ab.

„Mal nicht so zaghaft Jungfer, so nahe kommen ihnen Männerbeine sonst wohl nicht?" Er lachte widerlich. „Helenchen, sie sehen hier einen superproportionierten Männerkörper vor sich, da dürfen sie ruhig mal zupacken, in ihrem Alter kriegen sie so etwas Knackiges garantiert nicht mehr unter die Finger.“

Helene wurde übel. Als der Kellermann endlich fort war, ging sie hinaus in ihren kleinen Garten, um den Ekel von sich abzuschütteln. Sie bedauerte oft, dass sie keinen Beruf hatte, in dem sie nicht mit Menschen in Berührung kam.

Frau Opitz und Herr Kellermann kamen in den nächsten Wochen noch oft vorbei. Nie stimmten die Maße, die Helene vorher genommen hatte. Die Opitz wurde zusehends runder, schon fünf Kleidergrößen hatte sie zugenommen. Sie war arg verzweifelt. Keine Diät half, ärztliche Untersuchungen ergaben nichts. Sie platzte schier aus allen Nähten.

Beim Kellermann war es genau andersherum. Seine Traumfigur schrumpfte von Woche zu Woche. Dünner und dünner wurde er, vor allem seine mühsam hochgepuschten Muskeln schwanden sichtlich. In seinem Studio kämpfte er aussichtslos mit den Geräten, er schaffte es kaum noch sie zu bedienen. Eiweißdrinks, zusätzliche Mittelchen, nichts half. Er war nur noch ein Schatten seiner selbst und so kleinlaut, wie noch nie in seinem Leben.

Nach jedem Besuch der beiden stand Helene hinter der Gardine, mit eben jenem finsteren Blick und murmelte vor sich hin. Anschließend ging sie in ihre Schneiderstube, schloss sorgsam die Tür und zog die Gardinen fest zu. Aus einem Schränkchen nahm sie Kerzen, eine Flasche Wein und einen silbernen Pokal und arrangierte alles auf dem großen Schneidertisch. Sie stellte noch eine Schale mit Räucherwerk dazu, zündete die Kerzen an und streifte sich einen Umhang aus dunklem Samt über. Helene füllte Wein in den Pokal, trank einen Schluck, hob ihn mit beiden Händen über ihren Kopf und sprach:

„Kerzenlicht und roter Wein.
ihr sollt meine Zeugen sein.
Schatten aus der dunklen Welt,
hab ich als Helfer mir bestellt.
Hiermit lege ich den Fluch
auf jeden Ballen edles Tuch.
Was einst als schöner Schein begehrt,
sich jetzt ins Gegenteil verkehrt!"

Dann ging sie zu den beiden Schneiderpuppen. Die für weibliche Bekleidung korrigierte sie um eine Größe nach oben, bei der männlichen Puppe verringerte sie die Einstellung.

Sie freute sich schon auf den nächsten Besuch.

Petra Block

Die Geschichte der Molly Leigh

Teilweise entlehnt aus „Verwunschenes England und Irland" von Richard Jones

Molly wurde 1685 geboren, in Burslem, einem Dorf in der englischen Grafschaft Staffordshire, unweit Manchester. Eine Gegend, die sehr eigenwillig war, Industriegebiet zumeist, es wurden zahlreiche Bodenschätze gefördert.

Die Landschaft war geheimnisvoll schön, weitläufige Moore mit hohen Felsen, die aus ihnen emporragten, unterirdische Höhlen und Gänge, in denen man sich wohl verirren konnte.

Mollys Geburt war problematisch, die Mutter starb kurz darauf, und die Hebamme hüllte das Kind fest in Tücher und übergab es mit abgewandtem Gesicht dem Vater.

Auch dieser sah seine Tochter nur ein einziges Mal an und bedeckte sie wieder, zu groß war der Schrecken bei ihrem Anblick.

Molly war stockhässlich.

Sie wuchs bei einer ihrer alten Tanten auf, die selber keine Kinder hatte, und je älter Molly wurde, desto mehr offenbarte sich ihre ganze Missgestalt.

Ihre Augen standen nicht nur weit auseinander, sie lugten auch etwas hervor und konnten von einander

22

unabhängig in alle Richtungen blicken. Das Kinn lief spitz zu und bog sich weit vor, die Nase war bis auf einen kleinen Gnubbel nicht vorhanden. Dünne Ärmchen und Beinchen und eine verbogene Wirbelsäule machten ihr zusätzlich das Leben schwer.

Die Menschen in dieser Gegend waren rau wie die Landschaft, sie wurden mit allem fertig was das Leben ihnen abverlangte.

Es gab jedoch eines, das die Leute dort wirklich fürchteten – die Macht desjenigen, der das böse Auge besaß. Es war weithin bekannt, dass nur ein flüchtiger Blick einer solchen Person ausreichte, um Menschen zu verhexen, Rinder zu töten, die Ernte zu verderben und der ganzen Gegend unsagbares Unheil zu bescheren.

Molly war ein solcher Mensch.

Später lebte sie zurückgezogen in einer winzigen Hütte in der Nachbargemeinde Hamil.

Sie besaß einen finster dreinblickenden Raben als Haustier, der jeden mit seinen Blicken verfolgte, der an der Hütte vorbei musste.

Die Kinder fürchteten sie, die Erwachsenen schmeichelten sich aus Angst bei ihr ein, und die Behörden ließen sie in Ruhe.

Wie in jedem Dorf gab es aber auch hier ein paar Buben, die es nicht lassen konnten Ärger zu machen, und so musste auch Molly unter ihrem Gespött leiden.

Steine wurden ihr nachgeworfen, böse Lieder gesungen und der Rabe bekam so manchen Hieb mit einem Stecken ab.

Eines Tages trieben sie es zu weit. Sie zündeten Mollys mühsam zusammengesammelten Reisighaufen an, das Feuer fraß sich in Windeseile auch durch die ärmliche Hütte und hinterließ selbst von dem Raben nur Asche.

Jetzt hatte Molly nichts mehr.

Niemand wagte ihr ein Obdach zu geben. Man sah sie in der selben Nacht noch in der warmen Asche ihrer Hütte sitzen und vor sich hin murmeln.

Dann stand sie auf und ging langsam durch das Dorf. Vor jedem Haus, in dem einer der Übeltäter wohnte, blieb sie stehen, sang ein paar unverständliche Zeilen und legte eine schwarze Feder auf der Türschwelle nieder.

Das machte sie so an die fünf mal, dann verschwand sie im Moor.

Am nächsten Morgen gab es große Aufregung im Ort. Ein paar Kinder waren verschwunden, die Söhne der fünf angesehensten Familien im Dorf waren fort. Man sah sie nie wieder.

Molly aber lebte noch ein paar Jahre im Moor, und statt eines schwarzen Raben hatte sie nun fünf dieser unheimlichen Tiere als ständige Begleiter bei sich.

Molly starb im März 1748 und wurde, wie es damals Brauch war, nachts auf dem Friedhof der Kirche St. John beigesetzt. Entgegen der damaligen christlichen Gepflogenheit, Gräber nach Ost-West

24

auszurichten, bestattete man Molly in Nord-Süd-Richtung, weil man so zu verhindern glaubte, dass ihr Geist umherwandere.

Nach dem Begräbnis ging die Trauergemeinde unter Führung von Parcon Spencer zu Mollys Haus, um es zu segnen.

Es war eine kalte feuchte Nacht, und so kehrte man auf halben Wege noch auf ein Gläschen heißen Punsch im Wirtshaus ein.

Als sie Mollys Haus später erreicht hatten, stieß Parcon Spencer die Tür auf und prallte vor Entsetzen zurück. So schnell er konnte rannte er den Weg nach Burslem zurück, dicht gefolgt von den anderen Trauergästen.

Völlig außer Atem berichtete er ihnen, er habe Mollys Geist vor dem Kamin sitzen sehen.

Darauf geriet die ganze Gegend in Panik. Eine lebendige Hexe war ja schon schlimm genug, aber der Geist einer solchen war einfach zuviel des Bösen.

Da gab es nur eine Lösung – eine Geisterbeschwörung.

Und so geschah es, dass Parcon Spencer und drei andere Pfarrer aus den Nachbargemeinden eines Abends um Mitternacht auf den Friedhof gingen, und sich nervös daran machten Mollys Sarg freizuschaufeln. Sobald sie das getan hatten, hörten sie plötzlich das Gekrächz einer Handvoll Raben, die herbeigeflogen kamen und sich auf dem Grabstein niederließen. Obwohl seine drei Kollegen vor Entsetzen davongelaufen waren, ließ sich Parcon Spencer nicht von seinem Vorhaben abbringen, den Geist ein für alle Mal zu vertreiben. Er fing die scheußlichen Vögel ein, hob den Sargdeckel und steckte sie zu den sterblichen Überresten ihrer Herrin.

Nachdem er dem Drama ein Ende gesetzt hatte, lief er zu Mollys Haus, wo er darum betete, dass sie diese Gegend nie wieder heimsuchen möge.

Noch viele Jahre danach pflegten Kinder sich gegenseitig dazu herauszufordern, dreimal um das Grab zu laufen und zu rufen „Molly Leigh, Molly Leigh, folge mir in alle Löcher die ich seh", woraufhin, so hatte man ihnen versichert, ihr Geist aus dem Grab kommen und sie vom Friedhof jagen würde.

Die Geister der Raben aber machten sich auf nach London, wo sie noch heute um den Tower kreisen und von Bediensteten der Königin dummerweise gefüttert werden.

Auch dort im Tower sind schon Kinder verschwunden, ein Prinzenbrüderpaar sogar, aber das sind wieder andere Geschichten.

Christine Fiedler

Das andere Gesicht

Wieder war ein Familienfest angesagt. Franzi war die Jüngste der ganzen Familie, sie freute sich auf das Fest mit der Uroma und den anderen Verwandten. Und eigentlich war das immer lustig, wenn alle beieinander waren. Bloß manchmal musste man sich verkrümeln, zuviel konnte anstrengend werden.
Das Familienfest fand, wie immer, bei der Urgroßmutter statt.
Ihr Haus war schon sehr alt, und sie hatte hier ihr halbes Leben verbracht. Die Urgroßmutter war aber keineswegs tüdelig, sondern mit ihren 86 Jahren recht rüstig, und sie hatte immer noch einen scharfen Verstand. Familienfeste waren auch anstrengend. Es wurde geschmückt, gebacken und gekocht und alle halfen mit. Im Haus herrschte rege Betriebsamkeit. Franzi war überall dabei. Sie wuselte so lange in der Küche herum, bis jemand entnervt sagte, „Franziska, du stehst nur im Weg. Willst du nicht lieber spielen gehen?" Genau darauf hatte Franzi gewartet. Das Mädchen hatte sich vorher schon genau ausgedacht, was sie im Haus der Uroma erkunden wollte. Inzwischen war Franzi sechs Jahre alt und musste nicht mehr ständig beaufsichtigt werden. Sie drehte sich auf der Stelle um, verschwand aus der Küche

und griff im Flur schnell ihre Jacke. Franzi ging aber nicht nach draußen, sondern schlich mit ihren Schuhen unter dem Arm die Treppe nach oben. In der ersten Etage bog sie nicht ab zum Spielezimmer, sondern stieg weiter die Treppe hoch. Die Oberste bestand jetzt nur noch aus knarrenden, blanken, zum Schluss staubigen Holzstufen. Hier, wusste Franzi, war noch eine alte Tür. Das Mädchen drückte die rostige Klinke herunter und die Tür ging auf, sie war nicht verschlossen.

Franzi trat in das Halbdunkel des Dachbodens. Den wollte sie schon lange mal untersuchen. Zu verlockend war der, spannend und geheimnisvoll, wie die Kammer von Dornröschen. Franzi war nicht ängstlich, aber neugierig. Neugierig auf alles Unbekannte, Märchenhafte, Geschichten und Abenteuer. Vorsichtig tastete sie sich über den Bodenraum, lugte in Körbe, untersuchte den Inhalt von Kisten und alten Koffern, probierte von den Äpfeln, die auf Horden lagerten und warf einen Blick aus der Dachluke in den alten Garten. Dann ging das Mädchen tiefer in den Boden, dahin wo so gut wie kein Tageslicht mehr hinkam. Spinnenweben streiften ihr Gesicht, eine fette Spinne fiel auf ihre tastend ausgestreckte Hand, und eine kleine Maus huschte über ihren Fuß. Franzi zuckte immer wieder vor Schreck zusammen, aber kein Laut kam über ihre Lippen. Mit einer Taschenlampe, die jemand an der Bodentreppe abgestellt hatte, leuchtete sie in die letzten Winkel.

Ganz hinten, in der letzten Ecke stand ein großer, alter Schrank, eingehüllt in eine dicke Staubschicht. Aber sie konnte erkennen, dass er über und über mit Schnitzereien verziert war und ein altes, verschnörkeltes Schloss hatte in dem ein ebenso verschnörkelter Schlüssel steckte. Franzi wischte Staub und Spinnenweben beiseite, und drehte den rostigen Schlüssel kratzend im Schloss. Die Tür ging mit leisem Knarren auf. Gespannt schaute Franzi in den Schrank. Sorgfältig aufgestapelt lagen dort kleine Kartons, Bücher standen in langen Reihen und ganz unten, wie versteckt, lagen dicke Fotoalben. Sie zog eins der dicken Alben hervor, setzte sich auf den staubigen Holzfußboden, richtete die Taschenlampe auf das Album und schlug es auf. Sofort nahmen sie die Bilder gefangen. Franzi sah das Haus ihrer Urgroßmutter, nur gab es da noch einen Balkon zum Garten, der mit Säulen abgestützt war und eine weite Terrasse mit verschnörkelten Stühlen und Tischen und viele Blumen. Im Garten standen große, weit ausladende Bäume, wie heute auch, an den man Äpfel erkennen konnte. Und Kinder liefen durch den Garten, kleine Mädchen mit langen, Rüschen besetzten Kleidern und lockigen Haaren mit Schleifen darin. Man konnte sehen, dass sie viel Spaß hatten und Franzi bildete sich ein, dass sie das Lachen hören konnte.

Als sie aber die letzte Seite umschlug, sprang sie ein großes Bild an und Franzi schrie vor Entsetzen laut auf. Schnell klappte sie das Buch zu und keuchte vor

Angst. Schweißperlen liefen über ihr Gesicht und die Tränen quollen, ohne dass sie das wollte, aus den weit aufgerissenen Augen. Nein, das konnte nicht sein, das hatte sie sich bestimmt nur eingebildet. Das Mädchen schlug die letzte Seite noch einmal auf und da sah sie ihr eigenes Bild. Es schaute sie an und lächelte verschmitzt. Es sah genau so aus, als wenn sie in den Spiegel schaute. Franzi legte alles wieder an seinen Platz, verschloss den geheimnisvollen Schrank und verließ schnell den unheimlichen Boden. Sie ging in das Schlafzimmer, warf sich auf ihr Bett und schluchzte und weinte hemmungslos. Jemand hatte ihr Gesicht gestohlen. Sie traute sich nicht in den Spiegel zu sehen, weil sie glaubte, dass ihr Gesicht verschwunden wäre. So fand sie ihre Urgroßmutter. Das längere Verschwinden des Mädchens hatte sie auf die Suche gehen lassen. „Was hast du denn meine Kleine?", beruhigend nahm die alte Frau das Kind in den Arm und streichelte sie. Langsam hörte Franzi auf zu weinen und konnte ihr Erlebnis erzählen. Uroma dachte nach. Dann nahm sie Franzi bei der Hand und stellte sich mit ihr gemeinsam vor den Spiegel. „Siehst du, dein Gesicht ist noch da", sagte sie und Franzi starrte in ihr verheultes Spiegelbild. „Komm setz dich hin, ich will dir eine Geschichte erzählen", begann die alte Frau. „Ich hatte als Kind, wie alle Mädchen, schöne lange Haare, aber als ich bei einem Besuch in Berlin in den Schaukästen der Kinos die Fotos von den Filmstars sah, mit ihren damals gerade modernen Pagenköpfen, wollte ich auch so eine Frisur. Meine Mutter hätte das verboten, aber mein Großvater ging mit mir zu seinem alten Friseur. Der hatte sich gefreut mal einer „jungen Dame" die Haare so modern zurecht zumachen, und die langen Haare wurden abgeschnitten. Wir sind dann gleich zu einem Fotografen gegangen, und das ist das Foto, das du gesehen hast.

Meine Mutter hatte natürlich doll geschimpft, aber mein Großvater und ich haben nur gelacht. Ich musste danach sofort meine Haare wieder wachsen lassen und deshalb gibt es auch nur dieses eine Bild. Ich finde es schön, dass du genau so eine Bubikopffrisur trägst, wie ich sie damals für kurze Zeit hatte. Dein Gesicht wurde also nicht gestohlen, das war mein Bild. Ich sah damals fast so aus wie du heute. So etwas gibt es." Franzi war erleichtert. Die Urgroßmutter meinte aber, „wir sollten vielleicht wirklich mal den ganzen alten Krempel auf dem Boden aufräumen. Wer weiß, was da noch so alles zutage kommt."

Christine Fiedler

Phantasmagorisch

Da war eine Zeit, die endlos schien.
Sie war ohne Leben wollte ich meinen.
Die Tage wurden nicht hell und
die Kälte ließ mich erfrieren.

Dann kamen die Tage, in denen alles erwachte.
Das Leben kehrte zurück
und die Tage wurden lauter.
Das Leuchten der Sonne gab wieder Wärme.

Da war der Moment, der mich aufblicken ließ.
Die Erde gab wieder frei, was sie verborgen hatte.
Sie atmete auf.
Ganz langsam kamen sie hervor.

Dann kam der Augenblick, der mich erstaunen ließ.
Ein Teppich aus Blumen, weiß wie Schnee,
bedeckte den Waldboden und die Sonne
brach durch die Zweige im blätterlosen Wald.

Es war dieser Atemzug, der mich berührte
und das Erstaunen über die Wunder der Natur.
Der letzte Raureif der Nacht
machte die Blumen zu kleinen Diamanten
und ließ mich innehalten.

Christine Fiedler

Die Nacht der Begegnung

Es war eine düstere, stürmische Novembernacht und ich war allein Zuhause. Der Hund hatte ein paar Mal angeschlagen, gegen Mitternacht gab er endlich Ruhe. Ich wälzte mich noch eine Weile hin und her und hörte zu, wie das Dachgebälk ächzte und knarrte. Gerade war ich eingeschlafen, als es gleißend hell im Zimmer wurde.

Beklommen öffnete ich die Augen und sah einen Mann an meinem Bett stehen. Er sah mich beschwörend an, bückte sich leicht, nahm meine Hand und sprach mit einer ganz leisen Stimme zu mir.

„Du hast mich gerufen, also komm mit, ich will dir meine Welt zeigen. Den ganzen Tag hast du ständig lautlos mit mir geredet und ich habe dich gehört, aber in der Ausstellung warst du zu weit weg. Viele Leute waren um dich herum. Nun bin ich gekommen dich mitzunehmen."

Seine Stimme war ganz sanft, weich und einschmeichelnd und doch irgendwie fordernd. Sie duldete keine Widerrede.

Der Mann war jung, fast noch ein Kind und sah trotzdem wie ein König aus. Er hatte einen kahl geschorenen Kopf und die Haut hatte einen warmen Karamellton. Die Augen leuchteten und obwohl er nicht groß und von eher zarter Gestalt war, strahlten Würde und Machtanspruch aus ihnen.

Er stand sehr gerade, ruhig und gelassen, das helle Tuch um seine Hüften wehte leicht. In seiner Hand hielt er einen langen, oben gebogene Stab, der mit Edelsteinen besetzt war. Er funkelte in einem Licht, von dem ich nicht wusste, wo es herkam.

Es war als wehe ein trockener, heißer Hauch durch das Zimmer.

Wie unter einem Zwang erhob ich mich. „Ich erkenne dich. Ich habe dein Grab und deine Schätze darin heute in der Ausstellung gesehen. Du dürftest nicht hier sein, du bist seit mehr als dreitausend Jahren tot. Du bist Pharao Tutanchamun." Das Licht wurde heller, gleißender.

„Das bin ich, aber es ist nicht ganz richtig. Mein Körper ist tot, aber meine Seele lebt weiter. Du hast in der Ausstellung gesehen, wie mein Leichnam auf das Kommende, auf das Leben danach und die weite Reise vorbereitet wurde. Warum macht man diese Prozeduren mit einem Körper? Die vielen, prunkvollen Geschenke, die mir für die lange Reise mitgegeben wurden, du hast sie gesehen, es hat alles einen Sinn. Aber nun komm." Seine Hand war eiskalt. Er packte mich mit erstaunlicher Kraft und zog mich zu einer Tür, die vorher nicht da war.

Die Tür öffnete sich weit und wir traten in hellen Sonnenschein. Es war heiß. An den Füßen fühlte ich feinen Sand und mein Körper war auf einmal in ein bodenlanges Kleid aus weich fließendem, weißen

Stoff gehüllt. Vor uns erhob sich ein riesiger, monumentaler Palast aus hellem Sandstein. Mächtige Säulen flankierten den Eingang. Links und rechts davon standen dunkelhäutige Männer, die ebenso in helles Tuch gekleidet waren, wie mein Begleiter. Demütig senkten sie ihre Köpfe, die linke Hand legten sie auf das Herz, als wir an ihnen vorbei schritten.

Ich ging wie selbstverständlich an der Seite des Pharaos Tutanchamun und fand es nicht mal seltsam. Meine Schultern strafften sich, die Haltung wurde aufrechter.

Wir traten in eine riesige, dämmrige Halle, von der mehrere Gänge abzweigten. Einen betraten wir und gingen entlang an vielen Türen. Alles war hoch und von monumentalem Ausmaß, und ich hatte das Gefühl unwichtig und unendlich klein zu sein, kleiner noch als der kindliche Mann neben mir.

Dann kam eine offene Tür. Eine sehr junge, zierliche Frau saß auf einem kunstvoll geschnitzten Stuhl, die Beine angezogen und weinte. Das lange, schwarze Haar hing wie ein seidener Umhang um ihre Schultern.

Der Pharao ging auf sie zu und strich ihr tröstend über den Arm.

„Weine nicht meine Schwester, der große Amun hat es so gewollt und du bist noch jung. Unsere Kinder werden mich begleiten auf der großen Reise, die ich einst antreten werde. Du brauchst dich nicht zu sorgen.“

Er streichelte über ihren Kopf und dabei rutschte ihre Perücke ab. Auch sie hatte einen kahlen Kopf. Ich erschrak. Sie sah so verletzlich aus.

Die junge Frau nickte und wandte sich ab. Der Pharao kam zu mir zurück.

„Auch dieses Kind sollte nicht bei uns bleiben. Wir hatten schon ein Kind, aber…", er schwieg einen Moment, „wir müssen für die Thronfolge sorgen, damit er in der Familie bleibt, sonst…ich weiß, was passiert, wenn kein Thronfolger… Nun komm weiter." Er berührte mich sanft an der Schulter und schob mich in einen großen Saal, den ein eigenartiges, diffuses Licht erfüllte. Fackeln warfen gespenstige Schatten an die hohen Wände, die mit wunderbaren Malereien verziert waren. Die Darstellungen erzählten von Kämpfen, Jagden, Hofzeremonien und Festen. Staunend stand ich da und betrachtete diese Pracht.

In der Mitte des Saales stand auf einem Sockel ein prächtiger Stuhl, ein Thron. Er war mit Schnitzereien, Edelsteinen und über und über mit Gold verziert. Der Pharao war kurz verschwunden und kam jetzt mit einer imposanten Haube auf dem Kopf wieder, auf der mittig der goldene Kopf einer Kobra schwebte. Ja, so kenne ich sein Abbild aus der Ausstellung und aus Darstellungen über das alte Ägypten.

„So, nun bin ich wirklich der Pharao", sagte er langsam. „Diese Haube ist schwer und deshalb setzte ich sie nicht immer auf. Sie gibt mir Würde,

Ansehen und Macht. Nun pass du aber gut auf“, sagte er und setzte sich auf seinen wunderbaren Stuhl.

In dem Moment kamen mehrere Männer in den Saal. Sie verbeugten sich nur kurz und ich hatte den Eindruck, dass sie nicht besonders ehrfürchtig dem Pharao begegneten, und redeten dann auch gleich laut und bestimmend auf ihn ein. Mir war gar nicht wohl in meiner Haut, mir wurde kalt und ich begann innerlich zu frieren. Vor Schreck wollte ich weglaufen, aber ich stand wie angewurzelt. Die Männer schienen mich nicht wahrzunehmen, sahen durch mich hindurch. War ich überhaupt da?

Die Stimmung wurde zunehmend feindselig. Der eine Mann war wohl sein Großwesir und der andere oberster Heerführer. Beide versuchten den Herrscher zu einer Entscheidung zu drängen, die sie selbst schon längst gefällt hatten. Der Pharao wurde wütend, schrie sie an und jagte alle hinaus. Langsam konnte ich mich wieder bewegen.

„Nun hast du gesehen, wie das bei mir am Hof abläuft. Ich habe schon als Kind den Thron bestiegen und war anfangs auf die Hilfe dieser Männer angewiesen. Die haben über alles bestimmt, mich belogen und betrogen und glaubten, dass es immer so weitergeht. Aber jetzt bin ich erwachsen und will meinen Staat so führen, wie ich das für richtig halte…“, er machte eine Pause, „es ist schwierig, weil vieles hinter meinem Rücken…“

Dann schrie er plötzlich wütend: „Aber ich bin der Pharao!" Ich zuckte erschrocken zusammen. Trotzdem wollte ich doch noch etwas wissen.

„Dein Vater war der Pharao Echnaton, der war wohl sehr ketzerisch und wer war deine Mutter?" Müde winkte er mit der Hand ab.

„Unwichtig… Mutterstelle hat eine Amme eingenommen. Mein Vater hatte kein Interesse an mir und hat sich eine zweite Frau genommen, die sehr schön war. In deinem Leben kennt ihr sie als Nofretete. Und was heißt bei dir ketzerisch, er hat allen Göttern, die bis dahin für uns wichtig waren, abgeschworen und nur noch Gott Aton als alleinigen Gott befohlen. Das darf auch ein Pharao nicht und ich habe alles rückgängig gemacht. Auch meinen Namen habe ich von Tutanchaton in Tutanchamun umgenannt, weil Gott Amun wieder der oberste Gott sein soll…Komm lass uns weitergehen."

Das Streitgespräch hatte ihn angestrengt und beim Weitergehen merkte ich, dass er leicht hinkte. „Du humpelst. Geht es dir nicht gut? Du brauchst mit mir nicht weiter zu gehen, wenn es dich anstrengt."

„Es geht schon. Mein Knie ist nicht in Ordnung. Bei einer Jagd bin ich vom Wagen gefallen und habe mich verletzt. Das will nicht so richtig heilen. Aber ich will dir noch meine Schatzkammern zeigen. Komm…"

Wir gingen in einen langen Gang an deren Ende eine mächtige Tür war. Davor saß ein glänzend, schwarzer Schakal. Es war nur eine Statue, doch ich zuckte vor Schreck zusammen.

Emotionslos sagte der Pharao, „das ist Anubis, der Gott der Unterwelt, er bewacht meine Schätze. Du brauchst keine Angst zu haben." Wir betraten die Schatzkammer. Eine solche Fülle hatte ich nicht erwartet. Raum um Raum war angefüllt mit Gold und Silber, Schätze, die mir schier die Augen überquellen ließen. Edelsteine, Schmuck, Stoffe und Gegenstände von einer Pracht, wie ich sie noch nie im Leben gesehen hatte oder mir je vorstellen konnte. Das Halbdunkel, die trockene Luft und die märchenhaften Schätze nahmen mir den Atem. Mir wurde schwindelig.

„Ich kann nicht mehr. Können wir gehen?", fragte ich leise.

„Ja, natürlich, du kennst einige Dinge aus meiner Grabkammer, die in der Ausstellung gezeigt werden, aber ich habe viel mehr, mein Reichtum ist unermesslich. Das wollte ich dir zeigen. Darüber hast du doch die ganze Zeit in der Ausstellung nachgedacht und mich lautlos gefragt. Du hattest mich gerufen und ich habe das gehört. Aber nun ist unsere Zeit um."

Mit leichtem Grauen hatte ich mir schon überlegt, ob ich wohl je von hier weg komme. Der Pharao nahm mich an die Hand und wir verließen die Schatzkammern. Am Ende des langen Gangs war eine kleine, unscheinbare Tür, kaum zu erkennen. Er öffnete sie.

Auf der anderen Seite stand ich, wieder im Nachthemd, zu Hause in meinem Schlafzimmer. Ich drehte mich um, da war nichts. Keine Tür, kein Pharao. Ein heißer, staubiger Hauch wehte durch das Zimmer, ein kurzes Knistern, es wurde dunkel. Absolute Stille.

Als ich am Morgen aufwachte hatte ich Kopfschmerzen, und dachte an den gestrigen Ausstellungsbesuch über die Entdeckung des Grabes von Tutanchamun und an meinen merkwürdigen Traum.

Auf dem Kissen bemerkte ich einen kleinen, staubigen, tönernen Skarabäus.

Anja Grunau

Der Mondstein

Es waren Schulferien, als Melissa sich eines heißen Sommertages in einem geheimnisvollen Zimmer des Wohnhauses in der Altstadt umschaute. Hier in diesem Zimmer hatte ihre Großtante, die vor ein paar Wochen verstorben war, ihre letzten Lebenstage verbracht. Ein gläserner Tisch, ein alter Kleiderschrank und ein Sofa standen im Raum und in der Luft lag noch immer der Duft von Lavendel.
Unter dem Tisch entdeckte Melissa plötzlich einen Schmuckkasten. Sie zögerte nicht lange und beschloss ihn zu öffnen. Darin waren silberne Ohrringe, ein goldener Ring und ein blauer Mondstein an einer Halskette.
Furchtsam ergriff sie ihn. Er fühlte sich kalt an. Sein Schimmer ähnelte dem Mondlicht. Dieser Edelstein zog sie fest in seinen Bann. Sie hatte den Verdacht, dass er magische Kräfte besaß, die er in der Nacht entfaltete, wenn der Mond aufging. Deshalb legte sie ihn unter ihr Kopfkissen.
Der Mondstein entführte sie in eine wundersame Traumwelt. Durch ihren Körper strömte ein angenehmes Gefühl und sie glaubte sanfte Musik zu hören. Im Traum sah sie eine junge Frau in einem violetten Kleid. Es war die Mondgöttin Luna, die ihr erschien. Silbernes Licht fiel auf ihr langes Haar.

Als sie am nächsten Morgen aus ihren Träumen erwachte, hastete sie in die Küche. Dort erzählte sie ihrer Mutter vom zauberkräftigen Mondstein und dass die Göttin Luna ihn ins Haus gebracht hatte. Er sollte das Unglück von ihnen fernhalten und ihnen Wohlstand und Glück in allen Dingen bescheren.
Die Mutter schaute ihre Tochter verwundert an. Sie glaubte keineswegs an die wundertätigen Kräfte der Steine.
„Was für ein Blödsinn, es gibt keine Mondgöttin und keine Steine mit magischen Kräften. Du hast alles nur geträumt.“
Rasch holte Melissa den Stein unter ihrem Kopfkissen hervor und betrachtete seinen Lichtschimmer. Sie war der Ansicht, dass er auch Alpträume fernhalten konnte.
Melissa zeigte voller Stolz den Edelstein. Lächelnd blickte die Mutter auf die Halskette und erklärte, dass der Mondstein für die Großtante ein Glücksstein war, der sie vor Krankheiten bewahren sollte, weil sie an die heilsame Kraft der Steine glaubte. Der Mondstein bescherte Melissa ein aufregendes und unvergessliches Abenteuer.

Anja Grunau

Die Taschentaube

Carolin hatte es wirklich nicht leicht. Obwohl sie sich in Wismar mittlerweile heimisch fühlte, gelang es ihr einfach nicht die Einwohner für ihre selbst hergestellten Handtaschen zu begeistern. Ihr Verlobter Gerrit unterstützte sie, indem er diese in seinem kleinen Laden ausstellte. Bisher aber erfolglos. Trotzdem gab sie die Hoffnung nicht auf, eines Tages doch noch Erfolg zu haben.
Langsam ließ Carolin den Faden aus ihren Fingern gleiten. Weil sie mal wieder Abwechslung brauchte, legte sie die Arbeit nieder und ging am Hafen spazieren. Gedankenverloren stand sie am Kai und schaute auf die Ostsee, als plötzlich eine Reporterin erschien. Vor ein paar Tagen hatte sie bei Gerrit im Laden Carolins neue Kollektion gesehen. Jetzt wollte sie unbedingt einen Artikel über die begabte Designerin herausbringen. Carolin erzählte alles über ihre Arbeit und was sie nach Wismar verschlagen hat.
Ein paar Tage später, als Carolin aufwachte, ahnte sie nicht, was der Tag mit ihr vorhatte. Gut gelaunt betrat sie ihr Arbeitszimmer. Bevor sie mit Feuereifer loslegte, öffnete die junge Designerin das Fenster. Das Licht der warmen Frühlingssonne fiel herein und erhellte den Raum.

Carolin setzte sich an ihre Nähmaschine. Durch die offene Dachluke flog eine weiße Taube ins Zimmer. Sie gehörte einem benachbarten Pärchen. An ihrem Bein hing ein Briefumschlag, der mit roten Herzen verziert war. Die Taube gurrte und setzte sich auf die Fensterbank, auf der eine bereits fertige Tasche lag. Das passte Carolin gar nicht. Geschwind nahm sie die Tasche fort und streute Brotkrumen aufs Fensterbrett.

Während das Täubchen diese aufpickte, las Carolin den Zettel, der im Umschlag steckte. Darauf stand, sie solle einen Blick in die Zeitung werfen. Neugierig holte Carolin die Zeitung aus dem Briefkasten. Gleich auf der ersten Seite stand der Artikel über sie. Wenig später nähte Carolin weiter. Das Geräusch erschreckte die Taube. Sie flatterte weg.

Die Turmuhr schlug zur vollen Stunde. Ein aufregender Tag verging. Carolin schaltete die Nähmaschine aus, deckte sie mit der dazugehörigen Folie ab und verließ den Arbeitsraum. Immer noch dachte sie darüber nach, von wem wohl die Botschaft stammte, die ihr eine weiße Taube überbracht hatte. Das alles war ihr ein Rätsel. Sie entkorkte eine Flasche Rotwein, als plötzlich die Tür aufging und Gerrit erschien. Lächelnd gab er seiner Liebsten einen Begrüßungskuss. Carolin traute ihren Augen kaum, denn in seiner Hand hielt er die weiße Taube. Zugleich teilte er ihr mit, dass er die ersten Taschen von ihr verkauft hatte.

Anja Grunau

Der Lavendel und die Liebe

Ein würziger, herber und südländischer Wohlgeruch zog durch seinen Garten. Ben hatte den Lavendel geschenkt bekommen. Das Aroma dieser Pflanze ließ ihn von einem schönen Sommerurlaub in der Provence träumen. Er schloss die Augen und sah sich durch ein leuchtendblaues Lavendelfeld gehen, als er den Duft verzaubert einatmete. Die Luft, die vor Sommerhitze flimmerte und das Zirpen der Grillen am Abend waren wie ein Orchester für seine Sinne.

Ben war ein gut aussehender Mann in den Dreißigern und Junggeselle. In seinem Leben vermisste er nichts. Seit er in Wismar lebte, hatte er viele Verehrerinnen, aber er hatte kein Interesse, bis zu diesem Wochenende. Er sprach mit dem Lavendel. Seine Großmutter hatte ihm gesagt, dass man mit allen Pflanzen sprechen sollte.

Da trat eine Frau in seinen Garten. Der Lavendel zog sie mit seinen blauen Blüten und seinem betörenden Duft in seinen Bann. Ben drehte sich empört zu ihr um.

„Das ist mein Grundstück!"

Die Frau schaute ihn freundlich an.

„Die Pflanze riecht so gut."

Ben hatte eine neue Verehrerin. Es war die erste Frau, an der er interessiert war. Ihr Name war Cecile. Sie kam zufällig an seinem Haus vorbei. Sie tranken eine Tasse Kaffee und begannen zu reden. Er erzählte ihr, dass er seit letztem Jahr in Wismar wohnte und der Lavendel eine beruhigende Wirkung auf die Seele hatte. Langsam ging die Sonne unter. Nach Sonnenuntergang verabschiedete sich Cecile und verließ beschwingt seinen Garten.

Am Samstagmorgen saß Ben im Garten bei einer Tasse Kaffee. Ein Schmetterling ließ sich auf seinem Lavendel nieder. Als er ihn beobachtete, dachte er an Cecile. Er hatte sich in sie verliebt. Seit zwei Wochen hatte er sie nicht wiedergesehen. Er hatte keine Telefonnummer von ihr. Ben glaubte zu träumen, als plötzlich das Tor aufging.

Cecile betrat mit einem Korb seinen Garten.

„Guten Morgen! Ich habe uns Frühstück mitgebracht."

Ben war glücklich. Er hatte schon geglaubt, er würde sie nie wieder sehen. Schnell ging er ins Haus und machte für sie Kaffee. Der Lavendel brachte die Liebe in sein Haus.

Anja Grunau

Würstchen mit Überraschung

Rosa war seit ihrer Geburt blind. All ihre Freunde bewunderten sie und staunten jedes Mal über ihre besonderen Talente. Sie konnte die Welt nicht wie die anderen Kinder sehen, sondern nur erfühlen. Endlich waren Sommerferien. Rosa war bei ihrer Freundin Jasmin eingeladen. Die Mädchen verbrachten jede Ferien zusammen. Rosa ging auf eine Schule für blinde und sehbehinderte Kinder bei Wismar. Am Nachmittag hatte sie Mobilitätstraining, Zeit für Freunde hatte sie dadurch kaum.

Jasmin führte ihre Freundin durchs Haus. Rosa stieß mit ihrem Langstock gegen die Küchenschwelle. In der Küche nahm sie den rauchigen Duft von gekochten Würstchen wahr. Auf der Fensterbank standen wundervoll riechende Küchenkräuter wie Melisse, Rosmarin, Salbei, Thymian und Basilikum. Mit ihren Händen untersuchte sie den Küchentisch aus Weidenholz.

„Das Mittagessen ist fertig!"

Die Mutter holte die Teller aus dem Küchenschrank. Rosa stellte ihren Langstock an die Tür. Jasmin führte sie zu ihrem Platz am Tisch.

„Setz dich bitte. Es gibt Kartoffelsalat und Würstchen mit Käse."

„Die Würstchen konnte ich schon riechen.“
Plötzlich bekam Jasmin große Augen.
„Donnerwetter, du kannst wirklich außergewöhnliche Dinge. Hast du auch den Käse in der Wurst gerochen?“
„Den Käse in der Wurst kann ich nicht riechen, nur schmecken.“
Die Mutter legte ein Würstchen auf jeden Teller und gab etwas Kartoffelsalat dazu.
„Soll ich dir die Wurst in Stücke schneiden, Rosa?“
„Nein danke!“
Rosa tastete nach Messer und Gabel. Plötzlich verzog sie das Gesicht.
„Oh, was habt ihr gekocht? Das sind keine normalen Würstchen mit Käse.“
„Du musst dich irren. Das sind Würstchen mit Käse. Ich bin ganz sicher.“
„Ich schmecke wirklich etwas anderes.“
Die Mutter nahm die Folienverpackung in ihre Hand und erschrak.
„Verdammt, ich bin ein dummes Huhn. Statt Würstchen mit Käse habe ich Fischwürstchen aus dem Kühlregal genommen. Du hattest recht Rosa.“
Jasmin staunte wieder.
„Das habe ich nicht gerochen.“
Rosa legte mit Jasmins Hilfe Basilikum und Mozzarella auf die Tomaten und aß den Kartoffelsalat dazu, der ihnen allen sehr gut schmeckte.

Ingeburg Kaschewski

Der Schwiegermutterkauf

Die vier Junggesellen Roland, Bern, Stefan und das Schlitzohr Anderl genossen einen späten Grillnachmittag, und natürlich floss reichlich Bier. Schon etwas angetrunken meinte Roland, mit seinen einunddreißig Jahren der Älteste: „Wir müssen uns entscheiden, entweder suchen wir uns eine Frau, oder wir werden Hagestolze.“

„Mädchen kenne ich so einige, aber heiraten? Nein, mal so für ein paar Nächte, das geht in Ordnung“, erwiderte Bernd.

„Na du mit deinen achtundzwanzig Lenzen und der schicken dunklen Haartolle bist ja auch der Hahn im Korbe der holden Weiblichkeit.“

„Das soll auch noch ein paar Jahre so bleiben“, meinte etwas herrisch der ebenfalls angeheiterte Bernd.

„Wissen wir, wie die Mädchen in zwanzig, dreißig Jahren aussehen? Wir sollten uns die Schwiegermütter ansehen“, schlug der ebenfalls nicht mehr ganz nüchterne Stefan resolut vor.

„Du hast überhaupt kein festes Mädchen, und somit keine Ahnung wie deine Luftschwiegermutter aussieht“, amüsierte sich Bernd.

„Naja, bloß so“, murmelte Stefan leicht gekränkt.

„Schwiegermütter kann man kaufen, ich weiß bloß nicht mehr wo", säuselte Anderl halb angetrunken.

„In Zeitungsinseraten wurden noch keine angeboten. Du willst welche kaufen?", staunte Stefan. „Wir können es ja mal versuchen, im Supermarkt fangen wir an."

„Ihr tickt wohl nicht richtig?", empörte sich die Verkäuferin, und zeigte den betrunkenen Kerlen einen Vogel. „Eine Schwiegermutter kaufen. Ihr seid ja verrückt", fauchte sie.

„Vielleicht gibt es sie im Schwimmbad", schlug Roland vor. „Dort schwimmen flotte fünfundvierzig- und fünfzigjährige Damen und tauchen wie die Fische."

„Jeder sucht sich die Passende aus", bestimmte Stefan.

Die Vier stürzten los. Jeder griff sich eine Frau. Auf die Frage, ob sie ihre Schwiegermütter werden wollten, zischten sie: „Schert euch zum Teufel ihr besoffenen Halunken." Eine von ihnen schubste Roland resolut ins Wasser. Die anderen drei flogen hinterher. Vier pudelnasse Jünglinge verließen schimpfend und zitternd den Ort ihrer Niederlage.

„Was sollen Schwiegermütter, vielleicht haben sie gar keine Töchter. Wir haben das Pferd vom Schwanz aufgezäumt", bebte der nasse Roland. „Ich suche mir jetzt eine Braut."

„Du nasse Ratte!", amüsierte sich Stefan.

„Ich werde auch wieder trocken!", fauchte Roland zurück.

Sie wurden wieder trocken und auch nüchtern.
„Wollen wir ins Restaurant gehen und nach diesem Reinfall eine Tasse Kaffee trinken?", schlug der vernünftige Stefan vor.
„Also los!", kommandierte Bernd.
„Hätten wir nur Bowle getrunken, wäre uns die Blamage mit dem Kauf einer Schwiegermutter erspart geblieben", seufzte Stefan hintergründig.
„Klar hast du recht, aber die Reue kommt zu spät", erwiderten die Anderen auf dem Weg ins Restaurant. Als die vier stattlichen Burschen das Lokal betraten stutzte Roland. An einem Tisch scherzten und lachten drei hübsche Mädchen.
Roland, ganz Kavalier, fragte höflich: „Haben sie noch Platz für vier arme Junggesellen meine Damen?"
Bereitwillig rückten die Mädchen zusammen. „Bitte schön, nehmen sie Platz meine Herren", flötete ein bezauberndes schwarzhaariges Geschöpf. Roland hatte nur Augen für die schwarzhaarige Ann, beide plauderten unentwegt miteinander.
Schmunzelnd stießen sich seine Freunde an. „Ob das Roland seine Braut wird?", flüsterten sie sich zu.
Da ging die Tür auf und herein spazierte Anderls Bekannter. Anderl stürmte auf ihn zu. „Klaus, du sprachst neulich davon, dass du Schwiegermütter kaufen willst."

„Klar“, antwortete Klaus, „habe ich auch.“

„Wo hast du sie gekauft?“, fragte misstrauisch Anderl.

„In der Apotheke.“

„Mach dich nicht lustig über mich!“, meinte Anderl ein wenig schroff.

„Warum sollte ich?“, entgegnete Klaus. „Meine Frau brauchte sie.“

„Ich verstehe nicht“, meinte verwundert Anderl.

„Na sie bekam ein dickes Bein, das gewickelt werden musste, und ihre Schwiegermutterklemmen hielten nicht mehr richtig fest, also musste ich neue kaufen.“

„Damit hast du uns was eingebrockt. Was denkst, was wir erlebt haben, bei unserem Versuch Schwiegermütter zu kaufen?“

„Immer diese Schwiegermütterwitze“, stöhnte Anderl, „jetzt geht mir ein Licht auf. Du meintest die kleinen Gummiteile, mit den spitzen Zähnchen dran.“

Ingeburg Kaschewski

Eine Kaffeemühle erzählt

Wir standen im Regal, so circa zwanzig bis dreißig Kaffeemühlen. Eine nach der Anderen wurde verkauft. Ich wurde zwar oft bewundert, aber mein Preis war hoch. Tja, ich stellte auch etwas dar, mit meinen goldenen Verzierungen.

Eines Tages betrat ein jung vermähltes Paar den Laden.

„Oh schau mal Hugo, die wunderschöne, goldverzierte Kaffeemühle, das wäre doch ein Schmuckstück für unsere Küche."

„Ja, sie ist toll, siehst du auch den Preis mein Schatz?"

„Ach, leider ist sie für uns zu teuer", seufzte Klara.

Mir gefiel das adrette Paar. Klaras tiefbraune Rehaugen und das schicke Hütchen auf dem dunklen Haar fesselten mich sofort. Auch Hugo war mir sympathisch mit seinem energischen, doch wiederum auch gutmütigem Gesicht. Zu gerne hätte ich dem Paar ihrem Kaffee gemahlen. Klara stellte ich mir in einer weißen Lochstickereischürze vor, wie sie mich mit ihren zarten Händen auf den Schoß nahm, um die Kaffeebohnen zu mahlen, die dann als Pulver in meine ausziehbare Schublade fielen. Eine kleine Träne fiel auf meinen goldverzierten Sockel.

Ach könnte ich doch zaubern, ich würde Klara so sehr bezirzen, dass sie mich in ihren Haushalt holte.

Wochen später erschien Hugo abermals im Laden. Seufzend meinte er: „Meine Frau hat Geburtstag, sie ist wie verzaubert, Tag und Nacht schwärmt sie von der goldigen Kaffeemühle."

So stand ich etwas später glücklich und liebevoll verpackt auf Klaras Geburtstagstisch. „Hugo, mein Hugo, die traumhafte Kaffeemühle, eine so große Freude hast du mir bereitet."

Nun begann eine wunderbare Zeit. Klara und ich waren total glücklich. Oft nahm sie mich aus dem Regal, ihre zarten Hände streichelten mich zärtlich und ihre Augen strahlten. Die Kaffeebohnen dufteten und der Kaffee mundete köstlich.

Jahre später vererbte Klara mich, noch zu Lebzeiten, an ihre älteste Tochter. Von Generation zu Generation werde ich seither immer an die älteste Tochter weitervererbt.

So kam ich auch zur Ururururenkelin Lotta, die mir sehr zugetan ist. Für mich ist sie die zweite Klara. Ich bin fast so glücklich wie damals vor annähernd zweihundert Jahren. Jegliche Besitzerin putzte und wienerte an mir herum, so dass ich auch im sehr hohen Alter noch gut erhalten bin.

„Du bist schon lange ausgemustert", höhnte hochmütig bissig der neue, chromblitzende Kaffeeautomat.

„Was heißt ausgemustert?", konterte ich. „Ich habe Museumswert. Mein Wert ist deinem ebenbürtig."

„Ha, ich koste 850 Euro und mein Kaffee kommt auf Knopfdruck", tobte übellaunig der Kaffeeautomat.

„Dagegen biete ich mein Alter, das sich mit jedem Jahr verteuert", entgegnete ich energisch.

Die Weinkaraffe aus edlem Glas versuchte uns Streithähne zu beruhigen. „Gebt Ruhe ihr Zankäpfel!"

„Hui, ich schaffe das", preschte der Knoblauch mit seinen Ausdünstungen herein.

„Hi hi hi, ich mische mit!", kicherte die feurige Peperoni.

„Wir sind dabei!", rufen der duftende Rosmarin und der Thymian.

Von den scharfen Gerüchen bekamen wir kaum Luft, der Schweiß lief nur so an uns herunter, die Augen tränten. Nach einem Hustenanfall flammte der Zorn wieder in mir hoch. Erbost schleuderte ich meinem Kontrahenten entgegen: „Mein goldverzierter Körper ist eine Augenweide. Dein schwarzer Kasten dagegen, mit dem bisschen Chrom, was hast du denn sonst noch so drauf? Nix! Vom Strom bist du sogar abhängig. Dagegen kann ich jederzeit duftende Kaffeebohnen mahlen." Schnell wickelte ich meine Drehkurbel um sein Stromkabel und riss es ruck zuck aus der Steckdose. Das war sein Aus. Ha ha ha, dem Angeber habe ich es aber gegeben.

Ingeburg Kaschewski

Sommerurlaub

In den frühen Abendstunden eines fast herbstlich anmutenden Juliabends flatterte eine aufgeregte Wildgänseschar laut schreiend am Himmel. Kein Luftzug war nach stürmischen regenreichen Tagen zu spüren. Es war ein Abend zum Träumen. Plötzlich schwebte ein blauer Heißluftballon über das Dach von Annegrets und Franks Haus. Langsam ging er nieder und blieb auf der großen Wiese stehen. Frank nahm seine erstaunte Frau in den Arm und sagte: „Mein lieber Schatz, morgen ist unser Hochzeitstag, und dieses hier ist meine Überraschung für dich. Lass uns einsteigen und ein paar glückliche Stunden verleben."
Schnell holten sie zwei Flaschen Wein aus dem Kühlschrank und stiegen ein.
Sie ahnten nicht im Entferntesten, dass sich der Weihnachtsmann mit seinem Zwergenstab unsichtbar in dem Ballon befand. Die ganze Truppe gönnte sich zum ersten Mal einen wohlverdienten Sommerurlaub.
Schön ist es so dahinzuschweben, ganz ohne Hektik freute er sich. Seine Wichtel stampften zustimmend mit ihren schwarzen Stiefelchen. Ganz anders sieht die Welt in ihrem Sommerkleid aus, lächelte der Weihnachtsmann. Die vielen bunten Blumen in den

Gärten sind eine einzige Freude. Die Menschen im schicken Sommerlook sehen wunderbar aus, die Sonne strahlt vom Himmel, tja, und die Vögel liebe ich so, dachte er bei sich. Schade, dass sie ängstlich fortfliegen, wenn der Ballon sich näherte. Der Weihnachtsmann ist eben auch nur ein Mensch mit tiefen Gefühlen. „Na", sagte Zwerg Heiner, „genießt du die Urlaubszeit? Da hast du recht, die hektische Weihnachtszeit kommt viel zu schnell wieder." „Schauen wir jetzt mal nach den Menschen.", sagte der Weihnachtsmann. „Wir haben Urlaub", protestierte Zwerg Franz. „Na gut", meinte der Alte, und schaute sich um. „Die beiden Menschen hier im Ballonkorb haben sich Wein mitgebracht. Was haben wir eigentlich zu trinken?" „Oh, die Flaschen mit Brause stehen noch zu Hause." Jammerte einer. „Och", sagte Zwerg Heiner, „wir probieren einfach ein Schlückchen vom dem Wein, die Menschen sehen uns nicht dabei, wir sind für sie ja unsichtbar."

Annegret und Frank hatten sich inzwischen zwei Gläser gefüllt und zugeprostet. Achtlos stellten sie sie zur Seite und sofort machte sich die Zwergenschar darüber her. Genüsslich schlürften alle von den köstlichen Tropfen.

„Meine lieben Zwerge", sagte der Weihnachtsmann. „Wollen wir nicht schon eine kleine Vorausschau auf das kommende Fest machen und uns die Menschen einmal näher ansehen? Wir haben es jetzt im Sommer leichter uns ein Urteil über sie zu bilden, als später im kalten Winter. Wie oft kamt ihr mit

Eisfüßchen, kalten Näschen und klammen Fingern zurück von euren Erderkundigungen."

„Mit besonderen Armaturen können wir die Menschheit kontrollieren", sagte er. „Die Armaturen habe ich bei mir, doch der Ladestab steht in der Werkstatt.", seufzte ziemlich kleinlaut der Herr der Wichtel. „Und nun?", stotterten die Wichtel bestürzt. „Jetzt weiß ich auch nicht weiter", meinte bedrückt der Weihnachtsmann. „Das ist schon eine verfahrene Geschichte." Egon, der pfiffigste aller Wichtel grübelte, dann sprang er plötzlich freudig auf. „Ich habs", strahlte er übers ganze Gesicht. „An den Fernsehantennen können sich die Armaturen wieder aufladen. Dazu muss der Gasballon allerdings dicht über den Dächern schweben." „Das werden wir schon packen freut sich der Weihnachtsmann." „Na klar", riefen die Wichtel begeistert. „Egon, du bist das größte Genie!" Der Weihnachtsmann tätschelte den blonden Lockenkopf seines Pfiffikusses. Alle in der Runde stießen noch einmal mit dem Wein von Frank und Annegret an. Eine fröhliche Fracht schwebte ausgelassen in dem Gasballon. Derweil arbeiteten die Armaturen und brachten Ergebnisse. Der Durchschnittsmensch ist angenehm verträglich, doch oftmals blinken die Armaturen Alarm, damit weisen sie auf Taugenichtse hin. Die Menschheit besteht eben aus sehr unterschiedlichen Typen. „Für diese habe ich meine passende Rute schon bereit", schmunzelte der Alte. Die Wichtel kicherten in sich hinein.

„Doch jetzt ist Sommerurlaub angesagt“, der Weihnachtsmann hob sein Glas und prostete allen zu. „Hurra!“, schrien die Wichtel. „Das ist so schön Chef, wenn es nur nicht so heiß hier oben wäre. In unseren Winterklamotten halten wir es nicht länger aus.“

„Ich bekomme auch kaum noch Luft, also weg damit!“, und er warf seinen roten Mantel über Bord. Die Zwerge bogen sich vor Lachen. Der Weihnachtsmann in Unterhosen, das war wirklich lustig. Ruck zuck schlüpften auch sie aus ihren Jacken und Stiefeln und saßen in Unterwäsche auf dem Boden des Korbes.

Die fröhliche Runde sprach dem Alkohol ein wenig mehr zu, als ihr gut tat.

Frank und Annegret bemerkten, dass sich ihre Gläser schneller leerten, als sie eigentlich tranken. Verwundert fragten sie sich, ob hier oben am Himmel alles schneller verdunstet.

Plötzlich flackerte ein Licht in der Ecke des Ballonkorbes. Der Alkohol leistete ganze Arbeit und hob die Unsichtbarkeit der weihnachtlichen Truppe auf. So saßen jetzt eine Handvoll Wichtel mit ihrem allerhöchsten Chef spärlich bekleidet den Menschen gegenüber. Alle rissen verdutzt die Augen auf und waren erschrocken. Annegret begann zu lachen, sie konnte sich gar nicht wieder beruhigen. Die Situation war einfach zu komisch.

„Bitte nicht lachen“, stammelte der Weihnachtsmann. „Ich bin eine Autoritätsperson und wenn ihr Zwei in diesem Jahr Geschenke haben wollt, dann solltet ihr mir respektvoll gegenüber treten."

Frank verkniff sich das Grinsen. Er ließ den Ballon auf einer großen Waldlichtung zu Boden gehen. Die ganze betrunkene Gesellschaft stieg aus und verschwand zwischen den Bäumen.

„Menschenskinder", sagte er zu seiner Frau. „Der Wein hat ordentlich reingehauen. Habe ich doch tatsächlich einen halbnackten Weihnachtsmann im Sommerurlaub gesehen."

Peter Schallje

Ufergrenze

An den Ufern unsrer Welt
sind die Grenzen scharf gezogen.
Fremd, oft feindlich ist das Meer,
stürmt und schäumt mit hohen Wogen.

Dünen, Dämme baut der Mensch,
um sich seine Welt zu halten,
stemmt sich gegen Elemente
aus des Meeres Sturmgewalten.

Nur auf einer Insel, Schiff, glaubt er,
kann er es bezwingen,
streift doch nur die äuß´re Hülle,
kann in´s Inn´re niemals dringen.

Unbekannt in schwarzen Tiefen
ist da eine and´re Welt,
Freiheit auch, doch überleben ist´s,
was hier wohl am meisten zählt.

Alles hat dort seinen Platz,
kein Gesetz das Leben schwert,
doch der Mensch bleibt ausgeschlossen,
weil er immer nur zerstört.

Peter Schallje

Wogen

Fern, am weiten Horizont,
wo die schwarzen Wolken flieh'n,
werden Wogen wohl geboren,
die zu fernen Küsten zieh'n.

Schwer erheben sich die Wasser,
fangen Sturmgewalten ein,
schäumen auf, vereinen sich
zu unendlich langen Reih'n.

Reißen auf, versinken wieder
in das schwarze Wellental,
bäumen auf mit gischt'ger Mähne
wieder ein um's and're Mal.

Schwestern- oder Bruderliebe
wahrlich gar nicht zu erkennen,
sich verdrängend, überstürzend,
jeder jeden niederrennend.

Dort, die schwarze Felsenküste,
fern im blauen Nebelschwaden
ist das Ziel der Ungeheuer
um mit Wucht sich zu entladen.

Jetzt vereinigt sich die Woge,
steigt als Wasserberg hoch auf,
ist´s als hält sie kurz nur inne
und beginnt den Todeslauf.

Mit betäubendem Getöse
stürzt die grün und schwarze Masse
gischtig schäumend, felsenhoch,
wie mit biss´gem Todeshasse.

Ganz gelassen steht der Felsen,
sieht die Kraft, die stets versinkt
und das Licht vom hohen Turme
weithin über Meere blinkt.

Peter Schallje

Windstille am Kap Hoorn

Die „ELDENA" war soeben am Kai von Liverpool festgemacht worden. Nach neun Monaten auf See hatte ich endlich wieder Land unter den Füßen. Der Seesack schien mir heute besonders leicht und so schritt ich kräftig aus, um eine Kutsche zu finden, die mich an diesem Spätnachmittag des Jahres 1774 noch nach Warrington zu meinem Elternhaus bringen könnte. Wie würde man da wohl staunen, wenn sie ihren baumlangen, sechsundzwanzig jährigen Sohn und Bruder, mit den breiten Schultern, dem wettergegerbten Gesicht und dem roten Kinnbart, nach so langer Zeit wiedersehen würden. Ein wunderbarer Gedanke, aber England wäre nicht England, wenn das Wetter nicht überall ein Wort mitzureden hätte. Ich will nicht behaupten, dass die Wolkenband die aus Nordnordwest heraufstieg, pechschwarz war, aber die dunkelgrauen Flecken darin machten den Anblick nicht besser. Da heulte auch schon eine wütende Sturmbö durch die Straßen, und Fischkörbe, Fässer und Verkaufsbuden wurden wie von Geisterhand hinweg gefegt. Zunächst klatschten nur dicke Tropfen auf das staubige Pflaster, doch schon brach das Unwetter los. In einer Sturzflut peitschte das Wasser durch das Hafenviertel und Tier und Mensch rannten los um das nächstgelegene Dach über den Kopf zu erreichen. Mit ein paar langen Sätzen hatte ich mich in den „Roten Corsar" gerettet, und flog fast mit der Tür in den halbdunklen, vom Tabakrauch vernebelten Schankraum. Die Männer, alles mehr oder weniger langjährige Fahrensleute, nahmen fast gleichgültig von dem Gast, der hier hereingeweht kam, Notiz. Nur der alte Segelmacher Jack, wer kannte ihn nicht, rückte auf der Bank etwas zur Seite und knurrte zwischen den wenigen Zähnen hindurch, ohne die Pfeife aus dem Mund zu nehmen: „Du segelst ziemlich hart am Wind mein Junge, pass bloß auf, dass du nicht über Stag gehst, wirf mal deinen Anker hier aus." Er deutete mit seiner Pfeife, die nur von einem Zeigefinger und dem Daumen gehalten wurde, die anderen Finger fehlten völlig, neben sich. Dieser Umstand hatte ihm auch den Namen „Kralle" eingebracht. Das Heulen des Sturmes und das Klatschen des Wassers gegen die Fenster hatten eine bedrückende Stimmung in dem Raum erzeugt und so hörte man eher nur ein grummeliges Geraune denn verständliche Gespräche.

„Kralle" wuchtete sich hoch, humpelte zur Mitte des Raumes, zog sich einen Stuhl heran und begann mit tiefer, doch leiser Stimme zu sprechen:

„Bei eben solchem Wetter, allerdings noch des Nachts, ich fuhr auf der „Albatross", habe ich ihn gesehen, den Klabautermann, wie er hohnlachend und kreischend im Schein des St. Elmsfeuers auf der Rahe tanzte." Langsam drehten sich die Männer, die ihm eben noch den Rücken zugewandt hatten, um. Die eine oder andere Pfeife wurde neu entzündet, so dass hier und dort ein Gesicht rot aufleuchtete. „Tja,“ fuhr „Kralle“ fort, „er schrie etwas von einem Schiff, das durch die Hölle gefahren war und dass die Seelen der Seeleute, die dieses Schiff zu Gesicht bekamen, von den darauf fahrenden Geisterseelen geholt werden. Allerdings würde das nur bei völliger Windstille am Kap Hoorn, wenn die Greebearts, die grauen Nebelbärte, dicht herunter hängen und in dunkler Nacht geschehen.“ Atemlose Spannung stand spürbar im Raum und mit wiegenden Köpfen nahmen die bärtigen Gesellen diese Nachricht auf. Mich hielt es nun nicht länger auf meiner Bank, und in der nun eingetretenen Stille platzte ich mit dem Ruf: „Jaa, ja, ich habe dieses Schiff mit eigenen Augen gesehen.“ Ein Geraune und ungläubiges Murren unterbrach die Stille. „Kralle“ deutete mir an, nun auf seinen Stuhl Platz zu nehmen. „Erzähle uns wann und wie das war.“ Die Männer, die sich bereits abgewandt hatten, drehten sich wieder um und sperrten Mund und Augen auf, um mir zuzuhören. „Also Männer“, begann ich, „hört was mir widerfahren ist.“ Die Seeleute rückten noch näher heran und hielten atemlos ihre kalten Pfeifen in den Fäusten. Es war in der Nacht des 9. November anno 1773 was ich da mit eigenen Augen gesehen habe. Unser Schiff lag in einer leichten Dünung bei völliger Windstille vor Kap Hoorn. Das rabenschwarze Wasser ringsum wurde immer wieder von dicken Nebelfetzen, aufsteigenden und sinkenden Kringeln oder von furchterregenden Fratzen und sich verzerrenden Gebilden, überdeckt. Schwere Wolken standen am Himmel und es schien, als ob die weiße Scheibe des Mondes in großer Geschwindigkeit durch die wenigen Wolkenlücken raste.

Meine Wache näherte sich der Mitternacht. Die feuchtkalte Luft hatte meine aufkommende Müdigkeit nicht verhindert, und so starrte ich in die, von grässlichen Nebelfiguren überdeckte Schwärze der Nacht. Doch da, was war das? Eine hohe Wand aus weißen, geblähten Segeln näherte sich in großer Geschwindigkeit unserem Schiff.

Das konnte nicht sein. Ich schüttelte den Kopf und rieb mir die Augen, es war ja gar kein Wind, ein Schiff konnte jetzt nicht segeln. Und dennoch sah ich hinter den Nebelschleiern ein Schiff heranbrausen. Bei diesem Kurs musste es auf Rufweite an uns vorüber ziehen. Was war das, hörte ich nicht einen fernen, vielstimmigen, tiefen Männergesang? Ich umklammerte die Reling so fest, dass die Knöchel weiß wurden und schaute wie versteinert auf diese Erscheinung. Da kam es auch schon herangeflogen und ich sah sie, Gestalten mit kalkweißen Gesichtern, mit geöffneten schwarzen Mündern und rot glühenden Augen, die zu mir herüber starrten. Sie schwenkten mit den Armen, die seltsamerweise nicht mit den Körpern verbunden schienen. Am Heck stand eine mächtige Gestalt, das heißt, sie schwebte gleichsam über dem Steuerrad, denn Beine konnte ich nicht erkennen. Aus einem bärtigen Gesicht, wenn man die sonst weiße Scheibe als „Gesicht" benennen will, klang ein dröhnendes, im Echo widerhallendes: „Ahoiii, ahoiii, ahoiii!" In einem vielstimmigen, schaurigen Gelächter verschwand das Heck in der Dunkelheit, und nach wenigen Sekunden zeigte mir nur eine fluoreszierende Linie, dass hier ein Kiel das Wasser durchfurcht hatte. Die wachablösende Mannschaft fand mich, mit weit aufgerissenen Augen auf der Back liegend und immer wieder vor mich hin murmelnd; „Das können nur die Geister der Toten gewesen sein." Dass der Bootsmann mich von oben bis unten beschnüffelte, um den Geruch von Rum an mir zu finden, habe ich schon nicht mehr gespürt."

„Tja, nun bin ich also abgestiegen von der „ELDENA", und ich gedenke die Seefahrt ganz aufzugeben, mich sollen die Geister von diesem Schiff jedenfalls nicht kriegen."

„Kralle" hatte meine Stuhllehne umklammert, nickte gewichtig mit dem Kopf und knurrte: „Das ist wohl recht getan, Mann, aber so manche Seele wird sie sich doch holen, diese Teufelsbrut", und dabei spie er einen Strahl Tabaksaft auf den steinernen Boden. Hier und da war ein bedenkliches Kopfnicken zu sehen, als die Fahrensmänner sich ihrem nun schal gewordenen Bier wieder zuwandten. In meiner Kammer lauschte ich noch lange nach dem tobenden Unwetter, bis mich endlich ein tiefer Schlaf erlöste.

Peter Schallje

Die Nacht

Traumbeladen sinkt die Nacht
lautlos über Stadt und Land.
Läßt die Stimmen leis verklingen,
reicht dem Müden seine Hand.

Samtweich wird mein Heim umschlungen,
gleichsam schirmend, schützend, dicht.
und ich glaub die tiefe Schwärze
wärmt allein nur dich und mich.

In dem gelben Schein der Kerze,
vor dem Fenster tiefe Nacht,
wird uns wohl und warm im Herzen,
Tagessorgen schwinden sacht.

Doch das Herz, es schwankt und zweifelt,
kann es dunklen Nächten trau´n?
Muß ich in die Nacht hinaus,
packt mich tiefes, kaltes Grau´n.

Grad noch schützend, warm empfunden
ist nun Kälte und Gefahr,
und in lauer Luft des Dunklen
spüre ich ein Frösteln gar.

Wohl dem, den die Nacht behütet
und im Mondschein Träume gibt,
dem sie gutes Tun vergütet
und ihm Kraft für morgen gibt.

Bernhard Seeheid

Santopia

Es war der Traum eines 10 jährigen Jungen.

Mein Name ist Thomas, und ich wünsche mir
heute und hier,
dass es auf unserer Erde wie in Santopia wäre.
In der letzten Nacht bin ich vor Schreck aufgewacht
– nun höret da, was ich im Traume sah:

Ein alter, weißhaariger Mann sagte zu mir:
„Junge, gib mir deine Hand, dann zeige ich dir,
eine andere Welt, sie heißt Santopia.“

Wir reisten irgendwie ganz schnell,
auf einem dicken Fell,
zu einem Stern, sehr weit fern.

„Du hast Glück“, sagte er zu mir,
„in einer Stunde bringe ich dich zurück
auf die Erde, spätestens aber um vier.“

Was ich dann erlebte,
war so fantastisch,
dass es nur so in mir bebte.

Ich besuchte eine Schule, in der alle Kinder gerne
lernten,
in der die Schüler ihre Lehrer verehren.
Lange Pausen verkürzten den Unterricht,
und in der Stunde nicht nur der Pauker spricht.
Alle Klassenzimmer waren bunt und hell,
und auf dem Schulhof stand ein buntes Karussell.

Kein Mensch musste jemals hungern und frieren,
und kein Kind im Krieg seinen Vater verlieren.
Auf den Bäumen wuchsen Wünsche –
Jeder konnte sie pflücken und sie wurden wahr.
Ich nahm mir einen, war das nicht wunderbar?

Zu meinem Geburtstagsfeste kamen hundert Gäste,
und in einem großen Fesselballon
landeten alle meine Lieblings-Pokemon.
Auf einer Wiese machten wir dann tolle Spiele,
wir lachten viel und aßen Schokoladeneis am Stiele.

Ein schöner Stern ist das Santopia,
morgen bleibe ich die Nacht wach,
vielleicht kommt der Alte ja
und holt mich wieder ab.

Bernhard Seeheid

Seemannsalltag

Es scheint unglaublich, aber es hat sich alles tatsächlich so zugetragen.

Seit 6 Tagen waren wir unterwegs auf dem unendlich weiten Meer. Wir pflügten mit 21 Meilen in der Stunde durch den Ozean und befanden uns etwa 60 Meilen vor der Mona-Passage, einem Eingang vom Atlantik in die Karibik.
Es war 14.00 Uhr Bordzeit, fast die ganze Schiffsbesatzung machte Mittagschlaf, nur der Autopilot nicht. Die Hauptmaschine, gleichmäßig taktend, ließ das Schiff durch die ruhige See gleiten – Musik, die jeden Seemann süchtig macht. Plötzlich passierte es, der Hauptmotor ging auf Stopp, nur die beiden Hilfsdiesel, die zur Stromerzeugung dienten, klapperten weiter mit den Ventilen. Nun wurde man munter auf dem Dampfer. Ein Schiff mit Maschinenschaden, in der See dümpelnd, da war nur noch Feuer an Bord schlimmer. Alle verfügbaren Männer der Maschinenbesatzung machten sich an die Reparatur des Hauptmotors.
Die tropische Hitze war unerträglich. Der Koch Jürgen Treber stand in seiner Kombüse. „Endlich Feierabend", dachte er, band sich sein Schweißtuch von der Stirn und drückte, ohne Anstrengung, einen

halben Liter Wasser aus dem Tuch. Verzweiflung stand ihm ins Gesicht geschrieben, aber dann ging ein Ruck durch seinen beleibten Körper. Jürgen nahm die Pütz mit den Essensresten vom Mittag und öffnete das Kombüsenschott zum Hauptdeck. Seit seine Abfallschütte in der Kombüse verstopft war, musste er seine Speisereste bei jedem Wetter aus dem Schiff bringen. Gleißende Hitze stieß ihm im Freien entgegen, schlimmer noch, als die Wärme seiner Boulettenschmiede. Er ging zum Schanzkleid und schüttete den Abfall auf der Leeseite ins Meer (denn spuckst du nach Lee, gehts in die See, spuckst du nach Luv, kommts wieder ruf – alte Seemannsweisheit). Eigentlich darf er die Reste nur achteraus kippen, aber da die Aufbauten mittschiffs waren, mochte er die 30 Meter zum Heck nicht gehen. Vom Bootsmann durfte er sich dabei nicht erwischen lassen, der hatte gleich Messer in den Augen, wenn ihm einer seine weiße Schiffshaut einsaute.

Jetzt war nur noch der Eimer auszuspülen. Jürgen befestigte eine Sicherheitsleine an die leere Pütz und schleuderte diese im hohen Bogen außenbords. Klatschend schlug das Gefäß in das azurblaue Wasser des Atlantischen Ozeans. Gerade so, dass die Pütz sofort voll lief und wie ein Stein sank.

Fast wäre ihm die Leine ausgerauscht, er bekam sie noch eben zu fassen und begann, ärgerlich über sein Missgeschick, die 50 Meter lange Leine einzuholen. Das Wasser, das dabei vom Tampen auf das Deck tropfte, verdampfte sofort. Noch beim Einholen der Leine ging ihm durch den Kopf, dass das Hauptdeck einer großen Kochplatte bei Heizstufe 3 glich, da passierte es. Jürgen stand wie ein Monument aus Stein. Krampfhaft hielt er die Leine und sah ungläubig zu, was sich vor seinen Augen, im glasklaren Wasser, abspielte.

Drei faustgroße Fische schwammen in panischer Angst, gejagt von einer riesigen Goldmakrele, in seine Pütz, die noch etwa einen Meter unter Wasser war. Die Makrele, vom Hunger geschüttelt, folgte den Fischen. Sie hatte aber einen so breiten Kopf, dass dieser nur ein Stück in den Eimer passte. Die Fische, die sich vor Angst dicht aneinander drückten, nicht aus den Augen lassend, schwamm die Makrele immer vor und zurück und rammte ihren Kopf in die Pütz, um die zitternden Fische zu fressen. Nach einem besonders weiten Anlauf passierte es, dass die Makrele, schon erschöpft vom Jagen, kurz vor dem Ziel gähnen musste und daraufhin den ganzen Eimer verschlang. Der große Fisch blieb ganz ruhig, der Plastikeimer lag ihm schwer im Magen, nur das halb verschluckte Seil hing aus dem Maul.

Da diese übergroße Makrele auch nach mehrmaligem Augenwischen noch da war, erwachte in Jürgen Treber das Jagdfieber. Trotz ohnmächtiger Anstrengung gelang es ihm aber nicht, den Fisch an Bord zu ziehen, er war einfach zu groß. Der Schweiß rann dem Koch unaufhörlich vom Kopf, den Armen und aus den Hosenbeinen an Deck, so dass er bereits von einer Dampfwolke umgeben war. Jürgen erinnerte sich daran, dass er noch eine Tüte Mehl in seiner weiten Hosentasche hatte. Sogleich nahm er diese heraus, öffnete sie und schüttete sie direkt über der Goldmakrele aus. Damit hatte er ihr die Sicht genommen. Jürgen belegte sogleich die Leine an der Reling und grübelte über sein weiteres Vorgehen nach. Er ahnte nicht, dass ein weiterer Zufall ihm den Fisch direkt an Bord liefern sollte. Vom Mehl angelockt begab sich schnaufend ein gewaltiger Wal zum Ort des Geschehens. Dort angekommen sah er aber nichts weiter, als eine Menge Eisen und einen apathisch keuchenden Fisch. Dem Pottwal war das zu langweilig. Er wollte gerade unter dem Dampfer wegtauchen, als er von dem eingeatmeten Mehl niesen musste. Das geschah genau unter der Makrele, die durch diesen enormen Pruster aus dem Wasser, direkt auf das Hauptdeck, vor die Füße des Kochs, knallte.

Immer noch erzitterte das Deck vom Aufprall, als Jürgen den vor ihm liegenden Fisch bestaunte. Das Tier, das wirklich aus reinem Gold zu sein schien, war wohl an die sechs Meter lang und einen Meter breit. Obwohl der Aufschlag auf das Deck enorm war, ließ sich niemand von der Besatzung sehen, alle waren mit der Reparatur der Hauptmaschine beschäftigt, oder schliefen. Jürgen wollte sich auf den Weg machen, um seine Bäckerin zu holen, als die Makrele heftig mit dem Schwanz zuckte.

Langsam quollen ihr die Augen aus dem Kopf. Mitleid erfasste ihn, offensichtlich litt sie an Wassermangel. Kurz entschlossen, noch weich in den Knien, ging er in seine Kombüse und holte aus der Gefrierlast 9 Flaschen Wodka und sein langes Schlachtermesser. Wieder an Deck, öffnete er dem Tier vorsichtig das Maul und füllte ihm eine Flasche nach der anderen ein. Jürgen mochte das Zeug sowieso nicht. Nach der achten Flasche Schnaps begann die Makrele zu rülpsen und in beängstigender Weise die Augen zu verdrehen. Gesichtslähmung war eingetreten. Nun lief alles wie am Schnürchen, ausnehmen, zerteilen, das Fleisch waschen, im Handumdrehen war Jürgen mit allem fertig. Zwar waren die Pütz und die kleinen Fische schon im Makrelenmagen verdaut, aber im Vergleich mit der Masse an frischem Fleisch war der Verlust klein.

Mittlerweile war es 15.00 Uhr geworden. Verschlafen kamen einige Matrosen der Freiwache an Deck, ohne zu ahnen, was hier geschehen war. Aufgeregt erzählte Jürgen alles mit großer Gestik. Die Männer winkten ungläubig ab und tippten sich an eine bestimmte Stelle am Kopf und meinten, er solle mal lieber aus der Sonne gehen, der Fisch, der in der Kombüse läge, sei aus der Fischlast. Manches musste er sich anhören, während er mit hängendem Kopf in seine Schmiede ging. Die Hauptmaschine war wieder seeklar, und der Dampfer nahm langsam Fahrt auf.

Jürgen war nun doch ganz traurig und weinte sehr, nicht einmal ein Foto hatte er von diesem Prachtexemplar gemacht. Er dachte daran, wie er sich von klickenden Kameras hätte feiern lassen können. Selbst einem Seemann passierte so etwas nur einmal im Leben. Völlig in Gedanken setzte er sich langsam auf die heiße Herdplatte und stierte zu dem großen Berg Fisch hinüber. Mit einem gewaltigen Schrei sprang Jürgen vom Herd, aus der Kombüse und vor den verblüfften Kameraden direkt außenbords. Er hatte ein tellergroßes Brandloch im Hosenboden.

„Wir hätten ihm doch recht geben sollen, das konnte ja keiner ahnen", diskutierten einige der Matrosen. „Mann über Bord!" Bohlen und Rettungsringe flogen zur falschen Seite heraus, das Durcheinander war vollkommen.

Nachdem durch Klingelzeichen, 7 x kurz und 1 x lang, das „Mann über Bord" Manöver ausgelöst wurde, machte der Dampfer einen Vollkreis, um an den Punkt des Einsprungloches zurückzukehren. Jedes Besatzungsmitglied hatte laut einer Rollenkarte seine Position eingenommen. Boot 1 wurde zum Aussetzen klar gemacht, alles ging schnell und reibungslos vor sich.

Der Ernstfall war eingetreten, nun bewährte sich das oft wiederholte Manövertraining.

Inzwischen war der Dampfer an der Unglücksstelle angekommen, nur von Jürgen war weit und breit nichts zu sehen. Die Davidbremse wurde gelöst und

Rettungsboot 1 langsam weggefiert. Es setzte klatschend im Wasser auf, gleichzeitig wurden beide Heißhaken gelöst und die Fangleinen vorn und achtern vertäut. An der schnell ausgebrachten Jakobsleiter kletterte die Bootsbesatzung wieselflink hinunter. Der kleine Motor sprang auf Schlag an. Nach langem Winken und vielen Glückwünschen begab sich das Schiff auf die Suche nach dem Koch.

Nach einigen Stunden, es wurde schon dunkel, kam das Rettungsboot ohne Erfolg zurück, nur seinen Vorstecker, eine Art Handtuch, hatte man gefunden. Alle waren sehr erschüttert, Jürgen war nicht der Schlechteste gewesen. Die Bäckerin heulte hemmungslos. „Nun bleibt die ganze Arbeit an mir hängen.“

Das Abendbrot war durch diesen Vorfall verschoben worden. Die Bäckerin war gerade dabei, den unglückbringenden Fisch zu braten, als sich eine Hand auf ihre Schulter legte. Missgelaunt drehte sie sich um, ihr Gesicht verzog sich zu einer Grimasse, darauf folgte ein erstaunter Schrei, der in einem Krächzen endete, dann brach sie ohnmächtig zusammen.

Jürgen konnte sie gerade noch auffangen.

„Was ist denn mit der los?“, dachte er noch, als sich die Besatzung, angelockt von dem Lärm, fast vollzählig in der Kombüse versammelte und den Koch wie einen Geist anstarrte. Entschlossen ging der Kapitän, den Daumen in der Knopfleiste seiner Uniformjacke, auf Jürgen Treber zu.

Mit ernster Stimme sagte er zu ihm: „Sie sind uns allen eine Erklärung schuldig! Warum sind sie von Bord gegangen? Wie sind sie wieder an Bord gekommen? Das ist Republikflucht!"

Jetzt ging Jürgen ein Licht auf, er begann alles von Anfang an zu erzählen, zeigte auf den Fisch und gestikulierte mit Händen und Füßen warum er ins Wasser fiel.

„Ja und an Bord kam ich, weil ich durch die Abfallschütte in die Kombüse geklettert bin. Das dicke Rohr reicht ja von der Küche bis zum Wasser unter dem Schiff, wie ihr alle wisst. Während des Aufstieges habe ich dann auch gleich die Verstopfung beseitigt. Dabei sind mir eine Menge Essensreste um die Ohren geflogen, das könnt ihr mir glauben. Als ich oben angekommen war, bin ich zum Duschen gegangen und legte mich völlig erschöpft in meine Koje."

Jetzt waren alle wieder zufrieden, froh und glücklich. Die Makrele schmeckte der Besatzung ausgezeichnet, die meisten waren von dem alkoholisierten Fisch völlig betrunken, so dass der Dampfer, mächtig schaukelnd, auf seinem Weg durch die sternenklare Nacht, seinem Bestimmungshafen entgegen fuhr.

Ihr mögt diese Geschichte glauben, oder auch nicht, sie ist so wahr, wie ich Schuppen auf dem Kopf habe.

Claudia Wendt

Die Hand unterm Bette

Des Nachts wenn du dich legst,
dich unter Decken leicht bewegst,
weil du dich schlafen hast gelegt,
die Dunkelheit sich um dich webt.

Du hörst ein Röcheln in der Nacht,
von dem du öfter schon erwacht,
'ne eisige Hand schiebt sich hinaus,
unter dem Bette zu dir heraus.

Bewehrt mit Krallen, messerscharf,
der Angst dies' Wesen sehr bedarf.
Nach oben schiebt der Körper sich,
lechzt nach dir, beschnüffelt dich.

Glutrote Augen sehen in der Nacht,
ob du im Schlafe oder erwacht.
Es zieht an der Decke,
auf dass es dich wecke.

Du schreckst auf und jappst nach Luft,
es genießt von deiner Angst den Duft.
Du schaltest Licht an und schaust dich um,
du bist allein, nur Leere um dich herum.

Claudia Wendt

Die Bücherhochzeit

Nachts in allen Büchergängen,
Wo die Menschen sich durchzwängen,
Wenn sie Literatur sich suchen,
Weil sie nichts finden und dann fluchen,

Weht des Nachts ein magischer Hauch,
Spürst du ihn auch?
Die Menschen liegen in den Betten,
Etwas liegt des Tages in Ketten.

Was sonst gebunden ist wird jetzt frei,
Es beginnt Mitternachtszauberei.
Der Tanz ist eröffnet im Hochzeitssaale,
Des Nachts so oft, so viele Mal,

Wenn alle hier im Traumland schweben,
Wo die Weberinnen die Träume weben,
Dann rumpelt's und bollert's, mit viel Krach,
Aber keiner wird davon wach.

Die Bücher aus den Regalen fliegen,
Sich gegenseitig im Tanze wiegen.
Nie war so glücklich die Bücherei,
Jedes Buch ist auf der Hochzeit dabei.

Das Kakteen- und Kochbuch heiraten heute,
Geladen ist die Krimi- und Thrillermeute.
Liebesromane seufzen schwer,
Die Biografien weinen ein Tränenmeer.

Die Cocktailbücher machen alle besoffen,
Während die Kochbücher Festmahle kochen.
Die Märchenfiguren schauen auch mal herein,
Zum großen Ball laden sie ein.

Ja, solch eine Hochzeit, wer hat die gesehen,
Sollte in den Geschichtsbüchern stehen.
Gefeiert wird bis zum Morgengrauen,
Bevor die ersten Menschen aus den Betten schauen.

Wenn dann der Bibliothekar kommt zur Bücherei,
Ist der Zauber längst vorbei.
Er fällt vor Schreck rückwärts wieder raus,
Denn wenn ein Buch lebt in Saus und Braus,

So kann man wissen, es ist so betrunken,
Dass vor seinen Augen die Sterne funken,
Bei jedem Schritt ins Regal zurück,
Bleibt es nur nüchtern, mit viel Glück.

Die Bücher waren so blau, dass keines es raffte,
Nicht eines es an seinen Platz mehr schaffte.
Die ganze Bibliothek war verstellt,
Ein Chaos in der Bücherwelt.

Claudia Wendt

Das Bild

Da liegt ein Grundstück weit und flach,
samt Herrenhaus mit schwarzem Dach.
Davor ein Brunnen mit Skulpturen,
verteilt auch in des Hauses Fluren.

Es lässt dich rein ein großes Tor,
du stehst erwartungsvoll davor,
betrittst die große Eingangshalle,
wo oft geladen wurde zum Balle.

Du streifst durch Flure, Gänge, Zimmer,
geheimnisvoll war es schon immer.
Gast bist du hier, man lud dich ein,
drum trägst du Koffer mit herein.

Suchst dir, wie in einem Traum,
mit Himmelbett den größten Raum.
Bezwungen von der Müdigkeit,
sinkst nieder dort im Abendkleid.

Des Nachts erwacht von kühler Luft,
deine Nase vernimmt verlockenden Duft.
Du folgst ihm in die Eingangshalle,
wo bereits wartet die böse Falle.

Aus dem Porträt starrt er dich an,
der alte Herr, der tote Mann.
Finstere Augen folgen deinen Schritten,
jetzt hilft kein Jammern und kein Bitten.

Arme winden sich heraus,
sie greifen dich, du schreist vor Graus!
Ein Kopf dringt vor, mit starrem Gesicht,
diesen Krallen entkommst du nicht!

Gemäldehände zerren an dir,
niemand kann dir helfen hier!
Schreie hallen durch die Gänge,
es reißen dich die grausigen Fänge.

Du tauchst in ein Bild voll blutigem Rot,
es ist dein Blut … denn du bist tot.

Ein neuer Besucher durchschreitet das Haus,
auf jedem Tisch ein Blumenstrauß,
er sieht sich das Gemälde an.
Und denkt bei sich: „Welch grausamer Mann.“

Des Finsterlings Hände um zarte Kehle,
nimmt er der Frau die lebend Seele.
Nachts wacht der Gast in seinem Zimmer,
durchs Haus schallen Schreie und Gewimmer.

Claudia Wendt

Blumenballett

Nachts wenn alle schlafend liegen,
und sich in sanften Träumen wiegen,
weht ein Wind über See und Land,
den selbst die Alten nicht gekannt.

Wenn die Stunde zwölf geschlagen,
sie ihre nächtlichen Schritte wagen.
Wurzeln reißen aus der Erde,
dass die Magie zum Leben werde.

Musik weht mit der Luft herbei,
worauf der Tanz eröffnet sei.
Gräser, Blumen, Sträucher, Bäume,
niemand das Ballett versäume.

Wurzeln, die im Takte schreiten,
über Straßen, Felder, Gartenweiten,
Blumentango, mit Leidenschaft,
der Paso Doble, voller Kraft.

Der Discofox, schnell und aktiv,
die Wiese eifrig zum Walzer rief.
Sträucher rascheln Sambaschritt,
Mambo tanzen Rosen mit.

Der Wind kommt singend leis' zur Ruh,
doch fragt sich jeder, was geschieht nu?
Es schlägt die große Uhr bald drei,
schon ist der mystische Zauber vorbei.

Blumen, Sträucher, Gräser, Bäume,
auf dass keiner den Gong versäume,
schreitet jeder zu seinem Heim,
Zurück bleibt nur ein Blumenkeim.